读客文化

往里走，安顿自己

［美］许倬云 著

冯俊文 执笔

北京日报出版社

图书在版编目（CIP）数据

往里走，安顿自己/（美）许倬云著；冯俊文执笔
. -- 北京：北京日报出版社，2022.8
ISBN 978-7-5477-4332-4

Ⅰ.①往… Ⅱ.①许… ②冯… Ⅲ.①随笔 - 作品集
- 美国 - 现代 Ⅳ.① I712.65

中国版本图书馆 CIP 数据核字 (2022) 第 113514 号

图字：01-2022-4429号

往里走，安顿自己

作　　者：［美］许倬云　著　　冯俊文　执笔
责任编辑：杨秋伟
特邀编辑：阙先婕　　徐　成
封面设计：温海英
插画设计：赵向前
出版发行：北京日报出版社
地　　址：北京市东城区东单三条8-16号东方广场东配楼四层
邮　　编：100005
电　　话：发行部：（010）65255876
　　　　　总编室：（010）65252135
印　　刷：河北鹏润印刷有限公司
经　　销：各地新华书店
版　　次：2022年8月第1版
　　　　　2022年8月第1次印刷
开　　本：880毫米×1230毫米　1/32
印　　张：7.5
字　　数：135千字
定　　价：59.90元

谨以此书

致意九十二岁的许倬云先生

自序：为什么说"往里走，安顿自己"？

"往里走"这一说法是我自己常常用的，但却从未给它一个定义。这次得到机会，我想给大家讲一讲。"往里"这个"里"字，用通俗的话来说，也许叫"心"，也许叫"脑"，但不能用今天生理学上的"心"和"脑"来理解，它们应该是哲学上的名称。它们是主导人性格最内在的一个总机关，这个机关把外来的信息组织在一起；组织好了以后，将信息存储在一个总的数据库里。这个数据库是你的心态，包括感觉、知识、理解，甚至包括智慧的总和。

往里走，就是往内心的探索

用通俗的话来说，我们平常说的有"心"无"心"，大概就相当于这里面所指的"心"。像明朝王阳明讲的心学，也相当于从这个角度来看待世界。中国传统文化中所说的"心",跟今天生理学上所说的"脑",可能在功能上有重叠的部分,但是二者并不能等同。心和脑之间是有差别的:心,是感情跟感官转换的地方;脑,是以理性的思考为主。我是中国人,我照着中国传统的解释,把这种心态,这种往内心的探求,称作"往里走"。

在我所写的《中国文化的精神》中,前半段讲的都是宇宙之间存在多少元素——这些元素和我们的生活、人生息息相关,能够影响我们的日常行为。中国传统的学问,就是把这些元素组织成为一套包括天、地、宇宙和人在内的知识系统。在书中,我也从饮食和中医两个角度做了更为具体的说明。这个知识系统中对世界的认知,最大的分类是"阴阳"的二分法,比如荤素、大小、燥湿、寒热等界限的划分。这种分类还可以不断细分、组合在一起,传统中国人借此分析和理解生活中观察、接收到的信息,甚至万事万物。

我举一个例子。董仲舒所认为的宇宙是一个从天到人的巨型系统,从外太空的各种星系到地球,到人的世界,到中国、中原乃至我们每一个个体生命都在其中。这是从空间上的同心圆去划分的。也有从功能上的同心圆去划分的,如:功能级别最高的管什么,次高的管什么……最低的管什么。除了空间上的远近,还有时间轴上的远近。比如祖宗与子孙之间的关系,就包括了过去、现在、未来。董仲舒设计了一个多向量、多维度的大网络系统，系统内部互相套叠、互相牵扯、互相影响。这就是董仲舒阴阳五行的"天人感应"理论，涉及宇宙万物跟人体、人的行为、人的群体之间的种种呼应和回报。董仲舒的系统非常巨大，也非常周密。当然在今天看来，他对太空的理解有很多缺陷，可是从哲学界的形而上学来说，这一套体系有相当值得佩服的地方，有很多地方和今天关于外太空的研究也相当接近。我们要知道他进行的是形而上学的假想，不是真正的观察和测验。但是，这样的假想居然能够与当今的实际观测和计算结果类似，这就很了不起了。

上述系统之内，各个层次的能量放射出去相互影响的结果，就是董仲舒所说的"天人感应"。古代中国所谓的"祥瑞"或"灾象"，就是根据这套理论推导出来的。这套朴素的宇宙感应论，和今天量子力学的力与质、空间与时间的互相感应，从理论上看有一些类似之处。在《中国文化的精神》里，我用了《周易》六十四卦的卦图做比喻，来模拟这个系统。在书中我特别强调了，每一个卦和其他的卦前后之间都有呼应——个别的卦太盛了，其他的卦就衰；个别的卦太弱了，其他的卦就旺；个别的卦太阴了，其他的卦就偏阳；个别的卦太阳了，其他的卦就偏阴。每个卦里的"卦象"，都是叠起来的各种形态和形式之间的关系。实际上，《周易》所描述的是一个动态的大网络系统，系统之内的各种元素彼此干扰，彼此套叠，彼此推动，彼此替换。这个动态系统可以用八卦的符号，即二进制的数字来表达。而且，八卦所呈现的也只是一个现象，具体会发展出什么结果，还取决于我们怎么看待、回应这种现象。比如，我们中国人常说的"否极泰来"，就是用六十四卦里面的"否"卦和"泰"卦来讲人生的道理。人生到了最倒霉的时候，我们也不要气馁，反而要振作、积极应对，扛过了最艰难的阶段，就完整地走完"否极泰来"这个过程了。反过来，我们还有句俗语叫"盛极必衰"：一个事物走到极盛的时候，一定会走下坡路。这对应着《周易》里面"乾"卦最上面一爻的"亢龙有悔"，阳数到了极点即是"亢龙"——"龙"是阳的象征，阳圆满到一个地步以后需要主动往回收敛，否则它无法承受不断膨胀的系统，就像一个气球充气到一定程度后会完全崩溃，令人追悔莫及。

八卦将自然、宇宙、人生各种现象和局面做了分类以后，告诉我们这些东西是彼此联系、互相影响的。作为一个人，面对种种现象我们要有一个回应。事情现在发展到了哪个地步，我们要做什么样的反思，从反思中能获得什么样的理解、觉悟，这一步的工作——对外在现象的观察、分类、讨论、应对等——最终一定会碰到心底那一部分东西，这也是我所说的"往里走"。

要将我们的感受、观察，投射到内心深处

我们生活在这个世界上，处事也罢，观察也罢，讨论也罢，陈述也罢，都是一个个的行为动作，这些动作都是理性在背后运行的产物。这个动作有过程，也有结果；有它的起因，也有它的转折和盛衰。所谓"往里走"，我们要看见周围的事物变化，也要感受到变化对自身的影响，还要找出对我们影响最深的部分。如此一来，外在的刺激就内化了。如果我们将对外观察的结果内化到心里，我们对外在事物的感受就不再是浮光掠影，而是有着深切的体会。这种体会能够促使我们反思，反思之后一定要存储在内心最深处的资料库中，并能时时刻刻照见我们的行为举止。每当这个资料库发出警告信号，我们就能警惕自己的不足、过分之处，或者是危险来临。

所以，"往里走"就是将我们的观察、感受投射到内心最深处，进行认真的思考——由此我们得到什么样的新的理解、新的教训，立刻就能从行为上反映出来。我们的日常生活里的许多事物，包括声音、颜色、别人跟我们谈话的内容、报纸上的消息，都是一股一股地打到我们心里。如果马虎过去了，就等于是走马观花，我们的心对这些事物没有感知。人生如果只到这个地步的话，我们对事物思考的深度就不够，反省的能力自然也就不够，甚至连提升自己的可能性都没有了。如此情景之下，再有用的信息对我们也产生

不了刺激和影响。所以我经常讲，人过日子，听、看、想的时候，要往里头去思考，将观察的结果吸收、内化为自己的观念、行为，这是"往里走"的本义。

外在对我们的影响越小，心越安定

再回到《中国文化的精神》这本书，历史上有几个宗教的派系进入中国，但是被中国民间的信仰内化成普通民众能够接受的东西。那些术语、名词及名词间的关系等，在民俗信仰里边都被简化成若干符号。这些信息在民俗中以符号的方式直接呈现，跳过了思考的过程。但作为观察者，如果我们只跟着符号走，就不能理解所有来来去去的信息的内在意义，也不能理解这些信息对我们会产生多大的冲击，造成多大的影响。这些影响可善可恶，但是我们都不知道。这就等于跳到泥潭里洗澡，有的人出来后满身都是泥、草和各种渣子，但不知道怎么处理；有的人出来后马上冲洗干净，既得到了泥潭里的凉爽，又冲洗了身上的杂质——这个过程就是一个反思的过程、清理的过程。

能够训练自己做到这样并不容易，需要一层一层地自我提升，越往上越抽象——但是思维越抽象，涵盖面也越大。我们看书也好，听、讲或写文章也好，都可以让得到的信息在心里内化，从而增加心的敏锐度。若是能够长期进行这种训练，对我们会有很大的帮助。因为我们看事看物不再只看表象，思考问题也不再局限于欢喜哀愁或得与失。面对问题时，若能超越得失、悲喜等种种感受，外在现象对我们的影响就越来越小，我们的心就更稳定了。

我们照镜子时，自己的喜怒和镜子里那个人是同步的，这是最直接的反应。我们要做到的，是看着镜子去想：我今天的面部表情跟昨天不一样，一定是我的内心变化了，脸上的表情也随之改变了。如果养成这样的习惯，就算身边发生了极小的事情，也能引导我们去调整、追寻自己的内心。

持续从事这样的自我训练，到后来有些人就"高"了。这个"高"不是指地位，也不是指钱财，而是指一个人的思考能力和敏感度提升到相当高的地步，这时他就能够从容处理自己和外界、他人的关系。而且这种人更不容易犯错，人生的懊悔更少。不仅如此，因为心的观察更为敏锐、细微，捕捉灵感的触角更多，人家感受不到的细节被我们感受到了，人家没有注意到的信息被我们抓到了。我们的感受力强，吸收力就强，消化外在信息的能力也会变强。经由如此种种训练，我们生命的内容就更丰富，放射出去的内心状态，就是更多的包容、更多的慈悲、更多的原谅、更多的超越。这样走，我们就能一步步提升能力、提升人格。

前面所说的，不是让大家去做超人，更不是叫大家去练内功和法术，而是我根据人生经验，对大家性情的调养、性格的规范提出一些方法。希望经由这种训练，大家能够树立远大的人生目标，同时在小事情上能放松自己，宽恕、体谅和怜悯他人。我希望能帮助大家开阔视野、扩大心胸——这不是靠打坐可以得到的，也不是靠读经可以得到的，更不是靠数呼吸可以得到的。这需要靠大家在生活和工作中不断观察、学习，并在回收、内化的过程中不断体会，不断领悟。

中国传统小说、戏剧里的"往里走"

对于中国的古典小说，我的解说与别人的解说并不一样，正好以此来给大家做范例。第一部小说是《三国演义》，如果在大街上问"桃园三结义"，没有一个中国人不懂；提到诸葛亮，没有一个中国人不知道。《三国演义》可以说渗透到中国人生活中的方方面面。我想提醒大家注意的，是《三国演义》标榜的事情——义气。对他人许下承诺之后，要讲究道义。"刘关张"三弟兄结义时发誓，不求同年同月同日生，只愿同年同月同日死。

后来，关羽兵败麦城被杀，他的结拜兄弟张飞大怒之下失去理智，很粗暴地对待下属，最终被部下刺死。刘备则不顾国力兴兵伐吴，大军连营，结果被一把火烧得精光，败走白帝城。这三个人都是为了"义"，义薄云天。但是，本来他们结义的目的是恢复汉家天下，为了这个兄弟情义的承诺，他们把大目标丢掉了。其间关羽犯了个错，单独出兵去攻打中原——他以为自己的勇武是当时的武将第一，军队训练得好，能够用一把大刀打遍天下，打下了中原就迎接大哥过来恢复汉室。他的骄傲、自信，抹杀了一切的理性，在这上面撞了一个大的缺口以后，为义而结的事业跟着一起倒了。即使我们有崇高的理想，但如果一件小事情做错了，一次小的任性，就可能造成大的灾害。这种内心的感应，它的力量是极强极大的。

我平常喜欢听京剧，其中有一出《四郎探母》，知道京剧的人很少没看过这一出戏的，里面感人的地方很多。其中有一段杨四郎见母亲的情节。杨四郎流落番邦十四载，成为番邦的驸马；母亲佘太君押运银子、粮草来接济六郎弟弟的军队，在边塞上和番邦要对垒打仗。杨四郎听见消息，尽了一切努力，突破关口私自奔回宋营，为的就是见母亲一面，然后再回去。他冒着夫人和孩子被杀的危险去见母亲，见到之后又丢下弟弟、母亲及原来的夫人回去，免得害死番邦的夫人和孩子。这个大的矛盾里面，他没有做对一件事。他见到母亲的时候跪在地上，用膝盖爬到了母亲的身边，头放在母亲的膝盖上："娘啊——"这一声喊，我记到今天。

1950年，我在台湾大学读二年级，有一个剧团到我们附近的军队眷属安置地演出。这里是军队的残兵败将携家带口到台湾居住的地方。当局让军人们自己用竹子盖房子，糊上水泥，刷上石灰，筚路蓝缕地建设居所。后来他们找到剧团来表演，安慰这些军人及其家属。我们学生之所以有机会看，是因为这一"野台戏"就是在学校的操场上演出的。我所住的宿舍是第五宿舍，一半的同学是本地生，一半的同学是像我一样的"难民学生"。我是跟着父母和兄长姐妹到台湾的，去的时候已经有两个姐姐到了台湾两年，算是打了一些基础。所以，我已经不算最苦的难民。在我们宿舍的"难民学生"中，尤其有一部分是最后从山东撤到台湾、无家无眷的高中生。离开学校的时候，有的人刚刚比枪杆高一点，从青岛被运到台湾后，还了枪、考了试，能力够的考上了台湾大学。我们都到草地上去看，我因为身体不好，不能站立，同学帮我带了个凳子，让我坐着看。那个戏曲演员的天分并不算特别好，但他们也是逃难的剧团，所以那声"娘啊——"是发自内心最里边的声音，那种情感里的痛苦、悲哀和无可奈何，是从身体最深处发出来的。这一声"娘啊——"，持续了两三分钟长，一直在空气中回旋——其实声音已经没有了，但一直在每个人心里回旋。全场一千多名观众，包括同学、眷村来的老小，大家号啕大哭。这就是内化，把外部的东西拉到你感情的最深处，爆发出来的影响。我再说下去我也要哭了。这一声"娘啊——"，在座的人没有一个不哭的，所有人号啕大哭，戏也唱不下去了。这种氛围持续了将近二十分钟，才慢慢安静下来，演员在安静下来之后，接下去唱后面杨四郎十多年的经历和十多年的痛苦与悲哀。这个时候，就没有第一声的感受强了。我举这种戏剧性的例子，是为了让大家知道什么叫"往里走"。这个"里"不是理性，是情的部分多于理的部分。情和理交融汇合，埋在你身体里面，变成你性格的一部分，这个才叫"往里走"。

我们看《水浒传》，一般只看前一百回。有人说后面是另外一个人写的，我不相信。《水浒传》的前半段是"成住"，从山寨的兴起到一百单八将归位；后半段讲的是"坏空"，征四寇到平方腊，打一仗梁山的好汉就折一批，到后来一百零八个好汉剩下来的不过三十多人而已。凯旋仪式上，这些人穿着残破的战袍，拖着已经用缺了口的兵刃，带着伤从皇帝面前走过的情景，看上去感觉非常悲凉。但这悲凉之中，又埋藏深意。《水浒传》的后半段里，死得最惨的是领头的人，宋江和卢俊义都是被皇帝毒死的。宋江死的时候带走了好友李逵，因为他性格暴烈，怕他造反；另两位死党吴用和花荣，也一起自缢，随宋江而去。这三个人是"反水浒",他们一开始就和宋江最要好。吴用帮宋江设计了上梁山换一官半职的主意,一百零八个好汉的位置也是吴用编排的,冒充天意的石碑是吴用找人帮他刻印的。最初策划这一切的人,最后一起都死了。

那谁活了下来?看得最清楚的老道和他的徒弟。本来是闲云野鹤的浪子燕青,看到主人死了,他无家无室,流浪江湖,在人间混迹。他不受皇家爵禄,不贪图虚荣,也就苟全了性命。还有在宋江之前的"旧梁山"里那些水路上的英雄,如李俊、张横、张顺,以及童威、童猛兄弟。这些人乘船跑到暹罗去夺了王位,在海外称霸。

梁山好汉里志行最高洁的,是林冲、鲁智深。梁山故事起头就是林冲的夫人被高俅的儿子掳去了,林冲一怒就去抗议而被发配沧州。二人因武艺惺惺相惜,鲁智深拔刀相助,一路护送林冲从汴梁到沧州。等到后来,二人不期而会,上了梁山。一个是骑射第一名的林冲,一个是步战将领里面第一名的鲁智深。他们俩一生没有做坏事,都是被欺负的人,他们最有资格说"我是清白的"。连武松都不是清白的,因为武松杀过嫂嫂,还杀过其他许多人。而鲁智深与林冲是被冤枉的。这两人在"后水浒"的战争中都掉了一只胳膊,最后到杭州的庙里出家。在出家以前,鲁智深立了最后一个大功——用仅剩的一只胳膊抓到了方腊,交给管家后和林冲到庙里做和尚。谁陪着他们呢？武松。武松的武艺在步兵将领里边，就比鲁智深差一肩而已。他是头陀，一个人陪着两个残废了的大哥。后来，武松误听了钱塘大潮的汹涌之声，以为金兵进犯到杭州来了，就站起来捞起禅杖往外打。这一打，他才发现是潮水来了，就坐下死掉了。鲁智深看着武松"闻潮坐化"，随后也跟着走了。这三个人是梁山上最纯洁的人，最后替《水浒传》做了结尾。

再讲《西游记》，孙悟空带着猪八戒、沙悟净，一路护送唐僧西天取经的故事。路上他们经历了"八十一难"的艰难险阻，其实每个"难"都是内心需要面对的困难，是幻觉、幻象、企图、野心和欲望，而非现实中的真正困难。所谓"解脱"，都是孙悟空跳出自己的心之外，心猿才救了意马，救了贪婪的猪，救了糊涂的师傅。但历尽艰辛到最后，求的经居然是假的，被孙悟空戳穿后才换成真经。到了河滩上，经书被打湿，真经化为白纸，成了"无字经"。

真理不依赖于文字，真理没有办法叙述，真理没有办法界定。这个启发使得孙悟空悟到，他不用再回去重新取经书了。他看见河里边有一条船，无底的船里面躺着尸首，他说"那就是我"。"我"已经超脱了死亡，"我"看见了自己的死亡，而死亡是无底的船，漂在无底的河上。河、船、尸首、"我"都是虚空的，都是不存在的。空，反而是真正的真理。所以"悟空"——"悟到"即是"空"。从此，孙悟空变成了"斗战圣佛"，化为真正的智慧，化为觉悟，化为"无"。

假如我没有"往里走"的想法，我就没有办法解读上面这几本书的内容。中国很多传统的学问，比如《封神榜》也需要以这种视角来看待。《封神榜》里面截教、阐教和正统的神佛打得死去活来，到最后所有的敌人也一概封神，按照他们的能力担任一个职务，但是姜太公超越诸神之上。封完神，姜太公说：过去你们作为敌人，能力重合，以及羡慕、妒忌等种种引发了争斗，使得你们变成亡者——有的是被自己人消灭，有的是被敌人消灭。从今天开始，你们都有了各自的位置和名字。

姜太公的这段话，让我想起美国南北战争时林肯的葛底斯堡演说。林肯在描述这场内战时，他的态度是：今天埋葬在这里的不只是北边的弟兄，也不只是南边的弟兄。南北战争的弟兄在这里彼此残杀，献出的生命都是为了要保卫一个他们自己所理解的共和国——美利坚合众国。虽然他们因为意见不同而彼此残杀，但他们的精神都值得我们敬佩。所以，在葛底斯堡，我们哀悼所有的亡灵，不只是胜利者，也不只是失败者。林肯所传达的这个精神，我也用来解释姜太公封神以后的话。

从传统小说的角度，我讲到这个地步，希望各位读者能够懂得我如何使用"往里走"的方法，得到另外一个角度的启示。我不是一个聪明人，也不是一个滥情的人，但是因为长期坚持这种训练，我能发觉更深层次的东西，甚至发现原作者或许都没想到的地方。前面讲到的传统小说，其内容都很深邃和高明。作者想要传递的都是最高的智慧，希望我们明白的是：这热热闹闹的纸上云烟，到了后来都是哀伤，哀伤之后有一个大的原谅，有一个大的慈悲。而"我自己"或许只是一个概念，是可以不存在的。

最后，我引用文天祥的《正气歌》里的几句："天地有正气，杂然赋流形。下则为河岳，上则为日星。于人曰浩然，沛乎塞苍冥。"这种充塞天地的浩然之气无所不在，从日月星辰到我们每个人的心中。文天祥在诗中举出了很多胸怀正气的历史人物，其中有个别人我不敢苟同。比如"为严将军头"，严颜虽然对张飞说"但有断头将军，无有降将军"，但后来还是投降了张飞。除此之外，诗中讲到的其他人，可以说都为了一个信念，为了一个忠诚——不忠于某个人，而是忠于一个理想、信念，连性命都在所不惜。

天地有正气，你去抓就能抓得到

这个理想叫"天地之正气"，这股正气弥漫于天地之间。你自己去抓，就得到了；你不去抓，就看不见摸不着。你要将它抓到你心里，你才能理解"往里走"的"里"是什么意思。我这个中等资质的人，尚且能够用几十年的时间慢慢琢磨出一条路来，如今这个时代的年轻人，很多人资质比我强，机会比我多，条件比我好，应该可以做得更多更好。我们如果能够抓到这股天地正气，打造好自己的内心，不再追求短暂的高兴的"快"，不再追求短暂的虚荣的"乐"，也不会为了一己得失而喜悲，我们的行为、情感就能通达天地与灵魂。

说实话，我这一生的日子不好过。天生残缺，到老了已经病了几十年，如果不往里走，我不可能活到今天。我也曾感觉活着没有意义，但是我也不能随便自杀，因为周围还有我爱的人，他们爱我，我爱他们。我最亲密的人是我的太太，还有我的儿子、孙子，以及我的同胞弟弟。推而广之，世界上所有无辜的、被糟蹋的生灵，我都怜惜他们，我恨不得可以替他们。因为单就身体而言，我的状态不如任何人，哪天我走了也只是走了一个残缺者而已。但我内在的部分，和天地、宇宙是共通的。我可以为这个世界哀怜，为这个世界痛苦，为这个世界半夜流泪，但我也为世间人性光辉的部分欢喜且心存希望。

许倬云
Chaoyun Hsu

2022年春于匹兹堡

目 录

第一章

疫情之下，这个世界会好吗？

我也曾感觉活着没有意义，如果不往里走，我不可能活到今天

01

你是什么样的人，就有什么样的人生

各位好，我是许倬云。

我是一个一辈子教书的人，一辈子看书、写书、教书。我接触过的学生很多，几十年的教书生涯里，从本科生教到硕士、博士、博士后，所以一辈子都在处理有关人的问题。我现在想跟各位，尤其是当前中国的年轻人谈谈话。

你是什么样的人，就有什么样的人生

我们中国有个词语，叫"大人"，什么是"大人"呢？你要负起你的一切责任。生下你是你爸爸、妈妈的责任，长得好看、难看你都没有责任。等你到了二十岁，你就要对自己的样子负责任了。你的脸是什么样子，表情是什么样子，这是你的责任。

一个人心情快乐，他的脸就漂漂亮亮、好看；一个人整天生气、吵架，他的脸色就很难看。所以到了二十岁以后，你就要负起你的责任。将来你是什么样的面貌，人家就把你看作什么样的人，你就得到什么样的待遇。如同声音反射回来一样，你是什么样的人，人家就以什么样子待你。

换句话说，你今后的人生遭遇，你承受的所有好话、坏话、好举动、坏举动，十之七八是你的责任。有一个电影团队拍电影，要找个演员演天使，找了半天找了个很俊美的男生来扮演。二十年后，他们要找一个演员演魔鬼，结果找到一个外貌很好看，骨子里透出来的气质却是魔鬼的人。问他姓名，发现这个名字很熟——他说我也觉得你们很熟，你们这个电影团队曾经找过我。所以这个人以前像天使，后来像魔鬼。这是谁造成的呢？这二十年里，他的所作所为塑造了他的形象，这个形象代表的是他真实的自己，这个真实的自己不是俊美的五官。丑人也可以很吸引人，俊美的人也可以叫人很讨厌。所以，从这个故事里可以看出：你是什么样的人，是你自己的责任。

穿衣、吃饭、开名车，这是一种包装。一瓶酒包装得是否好看，并不能决定酒的品质好坏。包装得再难看，如果打开瓶子一股酒香叫人马上馋了，这就是真正的好酒。评判倒出来的第一杯酒，就看它的样子、颜色和风味，判断一个人也是相似的道理。所以人生由你自己创造，由你自己铸造，由你自己塑造，由你自己培养。你成为今天这个样子，你自己是要负责任的。"样子"可以叫作"修养"，也可以叫作"印象"，或者说是一个认识你的指标，它反映的是内在的东西，而不是外面的衣装。你的每一句话是让自己更好看还是更难看，是你需要时时刻刻注意的事情。

人要怎么样取得修养？人生下来都是一片空白，"哇"地一哭的时候，才第一次表现自己。他是一片空白，但他马上就接收了外界的信号：妈妈亲一亲，医生拍一拍，爸爸抱在身边不放。初生的娃娃可能不知道这些信号，但很快他就知道了。这些信号帮助他塑造自己，他对身边的人有了感觉，也有了认识。人一辈子无时无刻不在接收外面的信号，无时无刻不在学知识，只是到了一个地步后，不在生活里边求而已。

知识要从知识的工具上求。谈话、讨论、念书、查资料和研究等，这些都是获取知识的工具。知识转变成感觉是直接的，一堆知识凑起来才是感觉。香、辣、臭、苦，都是得来的感觉。但不同的人对同一个材料，他的感觉可能完全不一样。同一杯酒在不同的时候，哪怕是同一个人，喝起来的感觉也不一样，佛家的一部经典专门讲这个东西。感觉本身会因时、因地、因心情而异，所以感觉靠不住，你接收的信号靠不住。

谁来判断呢？你的"心"在判断。"心"，在英文里叫"mind"（心思），它所在的地方叫"brain"（大脑）；在中文里的意思则是"heart"（内心），是"心里头"的感觉。这个概念就显示了中国和西方观念的区别。我这次谈的是中国的"心"，因为我是中国人，我对自己的整个认识也是中国式的。中国人讲"貌由心生""命由心生"，心里面生出你的面貌，心里面生出你的命运，一切都受到心的影响。现代心理学认为，人心基本上是相同的，但是人心里面获得的经验，累积起来的基础的"经验库"是不同的。这个"经验库"接收信号，并且改造信号。所以，你在"经验库"里检查接收的信号之后，再把它解释、投射出去，你对事物的印象和反应就不一样。

简单地讲，学习是你自己决定的，不是旁人决定的，你无时无刻不在决定。但是只有搜罗资料、认识资料以后，你才能够以最好的方向、最好的方式、最好的途径发展良好的性格。这是别人对你的印象，也是对你这个人的评断和认识，进而决定了你的遭遇，决定了你到老时是懊悔还是不懊悔。我之所以说这些话，是因为十七八岁以至于更早，你就要一步步负起自己的责任，这不是有人来劝告你就可以解决的，也不是读一本书就可以解决的。

中国的小孩念《三字经》："人之初，性本善。性相近，习相远。"人之初，本来是善的，没有小孩天生是小魔鬼；性相近，天性是差不多的；习相远，遭遇的事情、学到的东西不一样。人生下来时的面貌都差不多，到后来却会有一千个、一万个面貌。所以在我刚才讲的故事里，二十岁是天使的人到了四十岁就变成了魔鬼。你在改变你自己，也是在改变你自己的命运。

中国人相面讲的是五官，五官不能改，但五官的状态可以改——尤其眼睛、嘴巴可以改。嘴巴跟眼睛不仅容易改，而且透露了你心里的感觉和想法。这个相面不是看你的表面，而是看你透出来的总体表现。所以说"命由心生"，就是这个道理。你想做什么样的人，就会遭遇什么样的待遇。

想要做什么样的人，也是你自己决定

这是个大的过程，我们称之为"价值分类"。"价值分类"是给你一个材料，你消化了以后变成另一个东西，这是个提炼的过程。至于是提炼成了比较原始的材料，还是提炼成酒或烟，不管提炼成什么，这个提炼出来的东西叫"智慧"。智慧本身没有底和边，也没有任何人可以判断这些智慧有多深。

智慧，就是把所有的经验、知识综合起来。就好比烧一盘菜，同样的油、盐、酱、醋和原材料，水平高的厨子就可以做成不同的菜。什么时候放什么材料、用什么温度、怎么调，这就构成了它的差别。所以，智慧需要从知识里面提炼。知识变成智慧以后，它就会替你决定你一生创造的价值。你重视什么样的价值，你觉得什么对你的人生最重要，这些都将大不一样。

比如说，有人喜欢名，有人喜欢利，有人喜欢恭维，有人喜欢享受，有人喜欢大鱼大肉，有人喜欢萝卜白菜，其中的境界很不一样。如果要达到他的境界，他该怎么办？他应该决定大的原则。一个人想要做什么样的人，就要决定几个大原则。一个太贪财的人，他可以什么都不要，就抱着元宝或者一大堆钞票，天天在股票上花钱，想着怎么投资。这个人一辈子贪财，他的面貌看起来是"贪"，他心里的判断是"贪"。这种人只想得，不想失。失对他是最大的打击，得对他是最大的快乐。但他一辈子十之八九是不快乐的，因为股票、投资上他赢的机会少，输的机会多——或者赢了一百次，最后一次输光。这一次输光是什么时候？是死亡的时候，死亡就是一次输光所有的人生——是不是？

这种贪，是人的一种欲望。如果一个人一辈子的欲望是贪，他的面貌、他的谈话、他的形象都将是这个样子。你碰到这种人，和他交朋友，你要小心。他在打你的算盘，算你可以让他赚多少钱。

另一种人喜欢名，例如歌剧明星、电影明星，以及其他种种明星。在没有歌剧、电视机、照相机的时候，这类人无论做什么都要别人称赞他。如果他本身有好名声，这个好办。如果一个人专门以弄巧、揩油、投机来得到钱财，而另外一个人用自己的知识、能力换来一样数目的钱财，别人对他们的判断就会不一样。投机者不受尊敬，努力做成专家的人受人尊敬。

就成功与名誉来讲，有些人可以堆砌、塑造一个形象，他们肚子里只有一点墨水，但假装念过很多书。这类人沽名钓誉，去找广告公司帮他们塑造形象，这种事天下多得很。我随便举个例子：美国的总统选举制从开国以来，基本上是靠候选人与别人对谈、讲演等获取选票。

1960年的选举，是肯尼迪获胜。从击败别的候选人，到被民众拥护，他一直在做广告。他雇用了美国纽约麦迪逊广场上最大的一家广告公司，那家广告公司专门替好莱坞明星、球队里的明星球员等塑造形象。

那时候我在芝加哥读书，这是一个选举氛围很浓厚的地方。在我的同学、朋友和老师中，有很多人对选举非常关注。有一次我碰到一个朋友，他是我大学时候的同班同学，住对面宿舍。他坐在电视机前直摇头，我问他为什么摇头，他说肯尼迪在"卖形象"，雇了广告公司帮他竞选。肯尼迪的细节做到什么程度呢？他与尼克松辩论的时候，尼克松没有刮胡子，脸上没有涂粉、涂油，而他是全盘找美容师做过。尼克松就在那次辩论上败下阵来。

肯尼迪获得了什么？他获得了世界上最大的奖品：美利坚合

众国的总统。而且这个总统形象光辉，他被认为是美男子，是能干的人。他的班底都是一群了不起的人，但他又死得很悲剧。

今天我们在做美国历任总统排名的时候，发现肯尼迪没有功劳，他几乎是刚刚在及格线上而已。我们现在开始懊悔，当年把尼克松逼到那条路上，最后他只能回到自己原来的工作岗位。但那时尼克松的性格已经变了，之后又做了几件错事。但整体来讲，和肯尼迪这个光辉、了不起的总统来对比，尼克松其实比他高明。

真正的成功、失败，和表面的成功、失败颠倒过来了。通过他人塑造所得来的名誉、光辉都是假的。名誉一大半可以由他人塑造，得到的是真名誉还是假名誉，只有他自己知道。我是因为偶然跟肯尼迪的班主任谈了一晚上话，才了解背景。后来，我带着这个解释看肯尼迪的时候，每一次他讲演、施政，我都有批评。我的批评往往和《华盛顿邮报》《纽约时报》第二天的批评相当接近。瞒得了天下，但瞒不了自己，这个修为是要在内心里面自己做的。

所以，这些是我当下对各位的劝告。你是什么样的人？大家接受的你是什么样的人？到最后死了还不算完，死后大家对你的评价都不一样，要等二十年以后，或许才能有相对真实、客观的评价。假如你是写文章的人或做研究工作的人，可能要到五年以后才能检验你五成的研究成果，可能要到三十年以后才能检验你整体的成就，可能要到你死后五十年才有人发现你是错的，有人发现你是对的。但是你只负自己的责任，外面的记录、光辉都和你没有关系。

02

我们所处的世界，究竟面临何种局面？

刚刚过去的一年[1]，其实是变化很多的一年，蔓延全球的疫情是个大问题。因为美国的地位特殊，是世界强国，而特朗普总统[2]胡作妄为，使得美国内部时局大乱。在美国居住、生活的人，能深深地感受到一种刺激：我们所处的世界，究竟面临着一个什么样的局面？

　　疫情的出现使得我们认识到世界不可分割，在全球化的今天，一个地方有疫情，其他地方都跑不了。哪个国家或地区，忽然会变成疫情蔓延最严重的地方，你也不知道。但是谁也没料到，美国居然成为今天受疫情影响最严重的地方。按理说，美国这个世界上最有财力、最有科技实力的国家，应该有足够的能力去应付这场灾难，为什么却捅了这么大的娄子？那么是不是美国

1　本文的写作时间为2021年初，这里的"过去的一年"指2020年。——编者注
（本书注释如无特殊说明，均为编者注）
2　唐纳德·特朗普，美国第45任总统，任期为2017年1月20日—2021年1月20日。

的制度遇到了困难，出现了政治制度衰老的问题？美国的制度本来就有缺陷，何况历史的经验告诉我们：即使曾经美好的制度，随着时间的推移和人心的变化，其缺陷也会日渐显现出来。没有一个制度是完美的，因为世界是永远变化的。

美国的疫情，使得我们在今年过圣诞、新年的时候，发现几乎很少有人像过去那般欢天喜地。因为我们正在面临的是扑面而来的疫情，每天新增很多死亡人数，每天都有城市封城。整个英国封闭了，德国也在封闭。新的一年"特朗普皇帝"走了，新人拜登[1]能不能力挽狂澜？这种局面不是一个人所能挽回的，需要依靠的是整个美国社会结构性的改革。美国能完成如此任务吗？一切令人十分担心。

按照中国的传统，我们在"恭贺新禧"之后，还要送旧年。送旧年，在我个人看来，主要是"送瘟神"，我希望送走的不仅仅是疫情，也希望能送走美国内部政治文化老化之后产生的腐烂——这全是内部灾难。我也欢迎这新的一年。假如美国政府能够直面当前政治上、疫情防控上的问题，并且能够顺利地解决这些问题，我们也许能回到全球化的顺畅道路上去，大家各做各的事情。借用社会学家费孝通的话，我们"各美其

1　约瑟夫·拜登，美国第46任总统。

美，美人之美"，以人之美为己之美，以己之美为人之美，互相交换长处，互相欣赏长处，世界将会和谐。我盼望新的一年是走向美好、走向全球化的世界大同的第一步，也盼望灾难就此过去。

03

天、人没有大变，一切在安定、冷静中度过

要在充分的资讯之中，把知识当作海洋里面的洋流，当作山峡里面的浪涛，当作瀑布下面的冲击，当作长浪底下的压迫。你自己从资料之中求得它、分析它、综合它，自己要保持分析知识和综合知识的能力。这就是最重要的一件事。

我们为什么读书？读书不是为了学位，读书是为了获得一种判断世界的能力。判断的第一步就是看见环境，懂得环境。第二步，懂得分析哪些常识是暂时的，哪些是人不可避免的一些错误；对于可以避免的错误，你自己至少不要犯。保持相当程度的知识训练之后，就能取得安定和冷静。

总之，天、人没有大变，你要在安定、冷静之中度过。你不要想着改变不能改变的事情，比如天地之间的自然，让明天不再有坏天气。天天是晴天，那就糟糕了，没有水了，庄稼不可能生长。世界不可能永远平静，只能求自己的安定、冷静。

说起来容易，做起来难。人一辈子做的工作就是训练自己、教育自己。要知道知识不是资料，而是从资料里面提炼出来的，我们能够借此找到一些方向，找方向的过程是寻找智慧的途径。每个人智慧的境界有高有低，这要碰运气：有没有很多人帮忙，共同提升智慧？一个人面临刺激或挑战的时候，能不能压得下去？如果他被一棒槌打到底，就此泄气的话，就无从分析了。

这些都是安定自己，随时随地要做的事。听起来很抽象，但我没办法说得更具体，因为这与一个人所处的环境、当下的具体情况有密切的关系。比如我自己，最近受到的极大的困扰就是身体老化迅速。从前几个月到现在，我逐渐没有办法走路了，只能坐轮椅。最近脚水肿，这就造成一个困难，水肿使脚更加动不了，上床、下床极为困难。书桌就摆在我的床旁边，上床、下床走最少的距离，这都不得已做了新的调整。现在我睡的这张床也是新换来的医疗床，这都是必要时做的调节。

幸运的是有我的太太，她帮我做菜、做事；喂我吃饭，帮我洗脸；把我从轮椅里拉起来，让我拄着棍走；转方向、换椅子……都是她帮我做。人间有爱，她的爱让我能够把眼前的日子过下去。我在这个时候感激上天，感激她。这就是面临如此大的个人困难，我是怎么处理的。我面临的这些困难，是出生以来一直有的。我不能不在这中间，寻找自己的安身立命之所。

04

当今时代，如何过真正有力量的生活？

"有力量"这个词很难说，我只能说让一个人求得内心的丰富，正是各个文化的创始者都在处理的问题。为什么颜渊的生活比别的几个学生都差，却被孔子视为自己最优秀的学生？孔子解释说：虽然颜渊与子贡的生活水平差得很远，子贡很有钱，颜渊很穷，但颜渊的内心很丰富。孔子如是想，希腊的智者也如是想。虽然外表很穷，看上去身体也没力量，但我内心很丰富。这是自古以来的圣者、贤者都在追寻的内在境界。

　　近百年来的中国，国家求强，人民求富。我们的民族追求富强，人民追求更好、更快乐乃至称心如意的生活。在我看来，中国的儒家跟道家其实有不一样的追寻：他们求的是内心的安定、平静和有把握，不随波逐流，内心有定力，有主见。"有主见"就是有主心骨，使得你在狂风暴雨、惊涛骇浪之中不翻船。

　　你要知道，什么是最重要的。只有"存在"最重要。不能说低头像条哈巴狗就是存在，要像人那样存在：我不如别人有钱，但是我内心比很多人丰富，我可以去过我的日子。这就是孔子认同的颜渊的生活方式，这就是孔子认同的一种价值取向。但孔子也并不希望每个人都像颜渊那么穷——能够不那么穷，还能过得有希望，有自信心，不做亏心事，这样的人生就已经很有力量了。

我个人认为，人生目标有几条。最要紧的一条，是"存在"；第二条是存在于这世界上，你要有尊严，不要委屈自己去求取荣华富贵，甚至只为了求取一个更好的待遇。假如你的兴趣不在做医生，你不要勉强自己学医科；你的兴趣在学文学，即使你可能生活得穷一点，也要想办法坚持自己生命发展的方向。

但同时，有了不同的目标之后，每个人的内心要怎么充实呢？靠输入素材，特别是有关生活意义的素材，充实自己的内心。多看看文学作品，多读读好的诗词歌赋，多听听好的音乐，多看看别人讨论生活意义的文章……它们帮助你明白，世界上有这么美妙的声音，有这么美好的境界。

北宋程颢的《春日偶成》里有句诗"时人不识余心乐"，人家不知道我心里很快乐，我心里很安静。就像我们站在水边，看到水面上漂了几片浮萍，一切安静，天上的云彩在水池里荡漾；我在享受此刻，这就是得到了内心世界的平静。陶渊明如此，孔子如此，苏轼也如此。

苏东坡一辈子在政治上东奔西走、起起落落、得宠、被逐、一下被人恭维，一下被人唾骂。但这都不是最重要的。最重要的是表象背后他所持守的内心的宁静。苏东坡说，他一生最重要的关口是"三州"——黄州[1]、惠州[2]、儋州[3]，这三个阶段对他的人生最重要。这是他被发配的三个地方，一次比一次偏远。

他最重要的作品之一《赤壁赋》，就是在黄州写的。到了写《定风波》，他讲走过了风风雨雨，"回首向来萧瑟处，归去，也无风雨也无晴"，就是一江风景。晚上回家敲门没人应答，守门的童子睡着了，他也可以"倚杖听江声"，悠悠闲闲地看着江水，听江声浩浩荡荡。中秋节到了，他想见弟弟苏辙却见不着，就写了一首词《水调歌头》表达自己的思念之情："但愿人长久，千里共婵娟。"——虽然我们兄弟天南地北，但是心心相印，我们还是在一起的。

后来苏东坡被贬到了海南儋州，陪伴他的朝云[4]也已去世。他想念家乡，从海南岛望向大陆，能远远地看见一条头发丝一样的线，就是海对面的雷州半岛的边缘。他心里想着：这条线远远过去，再往前就是家的所在——"青山一发是中原"。但是他回过

1　今湖北省黄冈市。

2　今广东省惠州市。

3　今海南省儋州市。

4　王朝云，苏轼的侍妾及红颜知己，在跟随苏轼谪居惠州期间去世，时年三十四岁。

头来，仍旧教导当地的儿童念书，自己品味甜美的荔枝，悠悠闲闲写点诗，自己消遣岁月，心境求个安定。

等到后来再见到当年的政敌时，他已经没有仇恨了，虽然这些人害他半生都被流放在外。面对仇人，他内心安定，因为自己找到了内心世界，可以不在乎起起落落，不在乎责骂，不在乎诽谤。这种境界，在许多人的文学作品里也能看见；这种心情，可以帮助我们获得内心的安定与宁静。

杜甫也一样，他看着浮云从松枝间飘过，看着江流冲断江岸。前行的道路断了，江上浪涛汹涌。他平平静静地看着，浮云在天上缓慢地飘过，四周宁静：好一个安静的世界，他自己也是安静的。

佛家也如此，在艰难困苦之中找个安静的所在，这是自己的修养。获得这种内心的安静，我认为其常见的来源是文学作品。杜甫、苏轼、陶渊明这样的人是榜样，我们能看见他们的不幸，也能看见他们超越了一己的命运。相较于他们命运的不幸，我们已经算是"比上不足，比下有余"。有这么多先贤能在逆境之中自得其乐，我何尝不可以呢？这不是逃避，这是寻觅自己的世界。

我生而残疾，八岁以前不能走路，八岁以后我坐在竹凳上，手拉着竹凳半寸半寸地跳。再后来，我可以拄棍稍微移动，但在很长时间内不能做任何事，只能坐在凳子上或门槛上。别人忙他们的事情，我可以看上一个小时。我看一堆蚂蚁从窝里出来，每只蚂蚁从大叶子上采一块扛在背上，排成一队走单线回到窝里。如此情景我看了一个小时，像看一场很有趣的戏剧，也能由此发现蚂蚁的智慧。这种方式叫"自我排遣"，自己寻找安顿的地方。

孔子经常称赞颜渊，说他穷得饮食不济，依然自得其乐，有一碗饭够果腹、一瓢水够解渴就能满足。孔子一辈子欣赏自得其乐的境界。春天，他带了一些学生到水边上去洗尘。那时候不是每天都有机会清洗一冬的尘污：天气暖和了，水比较暖了，大家可以下河洗澡了。浴罢起来，大伙闲谈。孔子询问下河同浴的学生："你们的志向是什么？"有的人志向在治国平天下，有的人志向在撰写伟大的著作。他看曾点（曾点是曾子的父亲，父子都是孔子的学生），曾点鼓着瑟自得其乐："暮春者，春服既成，冠者五六人，童子六七人，浴乎沂，风乎舞雩，咏而归。"这不是逃避人生，这是寻找安顿自己内心的境界。

05

即使是清贫的生活，也有直接、现实的快乐

前文所说的境界，是平淡岁月里，不必花费金钱就可获得的悠闲。相对言之，富贵未必能让人得到幸福。富贵人家的子弟也会天天担忧，父亲的财产会不会分给他。哪怕是分得了部分财产，还会担心父亲走了以后，会不会坐吃山空。这都是富贵人家的通病：张三、李四昨天请我吃饭，今天我得回报，还得找个更好的馆子；找不着更好的，或者厨师有一道菜做错了，就能生气老半天；或者在赌场里面我一掷千金，输了我不在乎，我输得起，但是连着输感觉没面子也会难过。这就叫自寻烦恼，寒门子弟就没有这方面的烦恼。

　　大山里面的穷苦人家，大字不识，整天为生活劳苦奔波，但他们也有自己的安乐。抗日战争时期，我曾在农村住过。农忙的时候，我看着农夫们到田里去插秧、抽水，从头到尾都很辛苦，忙出一身大汗。到了六七点钟天快黑了，到田边上洗干净手，太太送饭来了。在田坎儿上，太太带来一壶茶、一杯酒、一顿安安稳稳的饭，夫妻俩一起边吃边拉家常："你今天累啦？""还好啦，日子过得还可以，地里今天水很够，一切很好，虫也不多。"这种谈话是很快乐的，不是你想象的那样，不识字的劳苦人也有人家的安乐。他们的问答通常很朴实："隔壁的老三怎么样啦？""老三今天病好了。"这是非常家常的对话，从这种直接、现实的快乐，他们能得到安静。夫妻俩吃完饭一同回去后，太太打理家务，先生搓绳、整理农具等。这些大山里的劳困地方，一般老百姓在日常生活里也有他们自己的快乐。其实，人生一辈子能求得那种快乐，也就不容易了。

理想就是尽我的能力，做我可以做的事情

06

理想就是尽我的能力，做我可以做的事情

怎么定义国家，怎么定义理想，都是你自己的事情。如果你出不了国，就尽量帮助国家，尽量在国家已定的法律之内做事。如果法律不合理，尽量想办法推动其做出改变。在有自由发言权的地方，你可以自由发言；在没有自由发言权的地方，你也一样可以慢慢通过各种机会、在各种场合之中去了解，某些事情不是完全合理的，我们应该有所改进。一个人能够尽己力，做好该做的事情，就是很了不起的事，就是对国家、对民族的贡献。如果我们像有些美国总统一样，拿"国家光荣"当一个无谓的口号，那就没意思了，也错误了。

有关个人理想，我们可以拿它当作一个人生规划。但不要为人生制订宏大计划，比如我一定要每年赚十万元，赚到了十万元以后就会想着赚一百万元、一千万元……欲望永远没有满足的时候。你也不要说自己明天怎么样、后天怎么样，把眼前的事情做好就不错了。理想就是尽我的能力，做我可以做的事情。但每个人理想的境界不一样。有的人理想很简单，就是专注于做人之道，人人说这个人是好人，我们都喜欢他，他不害人，他不损人，他不欺压人，这就够好了。能做到邻居喜欢你，坏人不恨你，这就不错了。这也是一种理想。

07

疫情之下，这个世界会好吗？

大灾难以后，人类的世界观会发生改变。东汉末年黄巾之乱以后，就是三国时期的连年战乱。更要命的是，当时的传染病还带来大规模的人口死亡。例如："医圣"张仲景的家族本来有两百多口人，不到十年就死了三分之二。三国以后就是两晋南北朝，那个时代的人经历过前面所说的疫情、战乱，思想文化发生巨大的变化，转而更为注重内心生活。比如竹林七贤、陶渊明，他们都是魏晋南北朝的人物，思想观念和汉朝人已经大不一样。在汉朝，佛教、道教发展的机会不大；到了这个时期，佛教、道教就开始快速发展。这种灾难以后的安定，与以前不一样：人会懂得互相帮忙，懂得互相关心，懂得为彼此分忧，也彼此分享所拥有的物质资源。这是我们在这次疫情之后，应该学到的经验。

　　中国很多地方或小区经历过封锁，解除封锁以后，我们还要重建生活，重建社区精神，社区内部的邻里交情会变得很重要。这次疫情的影响，就是迫使我们去思考过去想不到的问题。很多人经历了生死之间一线之隔，在死亡面前，之前占据我们生活的金钱、事业可能就变淡了很多，这也使得我们开始重新审视自己内心的需求——人一旦死了，还在乎这些东西吗？人的一生，究竟什么才是重要的？

这些都是灾难给我们的提示——当你忽然觉得两条腿可能随时没有了，你才会珍惜今天能正常走路的生活。你看到了我身上的残疾，才会感受到能够随心所欲地跑跑跳跳，能够独立自由地做自己的事，这些看似普通的人生里面的幸福。

疫情在全世界蔓延的这段时间，你、我忽然感到未来是如此不确定。战争的阴影也挥之不去。因为特朗普好战，他以中国为假想敌，时时刻刻要挑战中国。美国正处在霸权衰弱的时期，世界格局潜流暗涌。世界的命运会走向何处？这是当下我们关心的问题。现在的历史研究，主要审视过去的人类社会。既然今天的世界变化如此复杂，历史对于我们认识世界还有用处吗？

当今也是科技至上的时代，科学技术发展非常迅速，人们开始担忧未来的人工智能会濒临失控，人类可能没法控制它。就如同今天的疫情，我们目前也没办法控制它。其实这种"失控"所带来的恐慌，在核武器出现的时代就已经有了。核武器毁灭性的力量，我们就已感觉无法控制。今天，大家感受到的恐惧和惶惑，我完全能够理解，尤其对于年轻人而言，更是难逃的恐惧。

08

如何才能"往里走，安顿自己"？

这个课题有关安身立命，非常大。假如我们真要按中国的老说法来讲，就是"为天地立心，为生民立命，为往圣继绝学，为万世开太平"，但那种大气魄没有几个人能做到。这种大气魄所包含的四个项目，每个项目都涵盖着一部分人文社会学科或者几个人文社会学科的目标。所以真正讲起来，这四句话是对读书人的期许——不需要一下子全部做到，我们也可以分担一个大任务里面的一个角色，就等于给你一个大花园，真正让你做的是照顾三五棵小树。所以，我们也未尝不能从这个角度来讨论"安顿自己""安顿在哪里"。

安身的事情，我觉得《论语》里面讲得很对：要"安人"。但怎么个安法？是让你自己觉得安心；不是安天地之心，是要安你自己的心。这一点真正要做到的话，需要像《孟子》里面讲的那样：你要能将心比心，有恻隐之心、廉耻之心等。也就是说，你能够把你的心摆在人家的心里，把人家的心摆在你的心里，你能觉得你做某件事情是安心的，对他人有益处或者至少是无害的；同时，对你自己而言，也是尽了心，完成了自己的愿望。在中国传统文化里，尽心尽力做好一件事，这是"忠道"；做事的时候自己能够时时反省，对他人能够体谅、包容，能够做到将心比心、利人利己，这叫"恕道"。

做到"忠恕之道"并不容易。"恕道"需要我们经常体会：这一刻我的心安在哪里？能不能以我的心与对方的心相契合？这需要我们时常设身处地去思考——这一脚踩下去，是应该还是不应该？会不会踩到人家的脚呢？"忠道"需要我们经常思考：做一件事情我有没有尽心？尽心去做一件事情，跟马马虎虎地半做不做差别很大。你答应一个人要替他完成挺多事情，口惠而实不至，这就是不忠；反过来把承诺的事情忘了，更不忠；如果违背当初的承诺倒过来做，就更可恶了。所以，忠恕之道，不外乎是将心比心。我们安自己的心，如果能兼修忠恕之道，两方面都做到的话，这才是"安己"。

所以，要先修己以安人。修你自己，像修一棵树——剪掉树上的残枝败叶，加水，加肥料，不断成长进步，这是修己：修正自己做错的事情，把做对的经验留下来。只有把"修己"这一步完成了，接下来才有能力去"安人"。你自己安不下来的话，就无从"安人"。就"安人"而言，我们一生能安几个人呢？人的力气有大有小，志向也有远有近。我们能够安到自己做个不惹人嫌、不惹是非、不害人的人，其实就已经不错了。从楼上走来一个不方便的人，在他下楼梯的时候伸一把手，援助他一下，跟他讲"小心前面脚步"——真的，这就是第一步，为人家着想。日常生活里能做到这一点，你就能让周围人的心安了，这就叫"安人"了。

更进一步呢？安人，除了安周围的人之外，还要安与你处于同社会圈、同文化圈里面的人。这个工作就比较困难，但是有能力的人也应该尽力而为之。没有能力的人，当然可以审量自己的能力，能做多少是多少。不能做烂好人，不能帮倒忙，帮忙要帮得恰到好处，安慰人要安慰得恰到好处。比如一位老先生，明明坐在那儿挺好的，你说我给你挪个位置，这是给他添麻烦——你说我扶你起来，他说我不要起来。这种事靠你自己审量行事。更大的安人是安大众，也就是最后一步安民、安百姓。这里所说的"百姓"，不是《百家姓》的"百姓"，而是多数的、全人类的各种族群。有大能力的人，可以做一做事情以安百姓，我们这些人没办法做安百姓之事，就让人家去做。我们能够安周围的人，安伸手能碰到的人，安对面说话的人，这就是安人了。

但作为普通人，究竟怎样才可以做到真正的安人？在你的本行工作里，做好一桩事，这就是安人了。比如我自己做本行工作，一方面要在研究工作里从已知求未知，另外一方面要承上启下，将我学来的东西教给下一代人，引他们进入，而不是塞给他们。能把这些工作做好，我们其实就已经相当不错了。我想，我们每个人都有一定的愿望，但是有时候情况不一定如你所愿。那么这时候我能尽其所安，尽心之所安，我就做到了我的力量之所在。

不必说我有大志、有大愿，但因为没机会，就心怀怨恨。不必的，碰到机会就去做，这样就够了。像苏东坡一辈子很不幸，一辈子被压迫、被打压。但是所在之地，没有他不做的事情。被贬到哪儿，他就静下来做点事。被贬到定州，他就组个团队来帮着编民兵；被贬到徐州，他就帮当地人治水，使水患变得不那么严重；被贬到收瓷器的地方，他就帮他们研究怎么收最好的瓷器。到最后不得已了，被贬到海南岛——你别认为他只是在那儿"日啖荔枝三百颗"，那种吃法准会生病。他在那里教当地的儿童语文，尽他之心，尽他之力。他在赤壁旁边的江上写《赤壁赋》，豁达大度，但是并不因为豁达大度，看出来这一切不值得重视，就不做了；而是能尽心做的事，就尽心去做。这是苏东坡之所以为苏东坡也。我们看他的文章，读他的诗，被他感动，不是因为他的功绩，不是因为他的成绩，而是因为他的人品佩服他。所以，他这种无形之中感召的力量，是安人之心，也是我们可以学习的目标和方向。

我们这行的人，做研究、做学术、写文章，不外乎要在角落里某个没有人碰的题目上，破出一块土来，不必求大名声。如我的老师刘崇鋐先生所讲：如果我自己不能在历史长河里成为一个有大贡献的人，至少我的一篇文章，被某个大科目的文章或书引用，我就尽了我的一片心。这是刘崇鋐先生的愿望。他说能做报纸的标题人物，当然是你的福气或者运气，同时也是你的挑战，以及你的负担。你一辈子努力，最后能够在某几个角落里作为脚注，支援别人的研究，使他的立论得到一个很好的立足点，那么你的功劳就很大。所以，不一定要做领头羊，要甘心做"脚注"。你能够做到一辈子有一篇文章被人家引用作为脚注，我认为就是很大的成就了。因为你帮了他一把，做了一个台阶；那篇文章又帮助别人一把，做了台阶。每个人的研究一步一步累积起来，终于碰到了大家，那位大家走了一千步，但这一千步里的一小步中，有一个台阶是你的，这就尽了你的心。这就是我所谓"尽心而为之"的意思，不要求高，但要求"尽其在我"。至于最后能不能成功，我是不知道的。

第二章

快速转变的时代，
我们该如何面对迷茫？

不要糟蹋自己，不要屈服于这个世界

09

快速转变的时代，我们该如何面对迷茫？

个人迷茫这种情况普遍出现，我想是和今天的世界正在快速转变有关。我曾经属于旧世界，各位身处新世界。在中国，你们刚刚踏入的新世界，和旧世界最大的差别在于它转变得非常快。以美国而论，这个新世界也出现二三十年了。除了过去一百年来不断发展的都市化现象以外，互联网的出现使得人类社会运转的速度加快了。我们的代沟越来越大，网速越来越快，生活节奏也在不断加快。这使得习惯于安定的旧社会生活的人，一下子被碰破了头——你觉得世界离你太远，下一秒，世界又好像逼到你头上来。

这个新、旧世界之间的过渡，怎么处理都是件大麻烦事。就具体现象而言，例如，工作及家庭之间怎么平衡的问题。如今的中国有越来越多的独生子女，做孩子的时候，集父母、祖父母和外祖父母六个人的宠爱于一身，容易养成以自我为中心的习惯。而今天，社会忽然一下扩大到以国家为中心，甚至扩大到全世界的活动——全世界人民的生活、观念都拉扯在一起。于是，你会感到困惑和迷茫——我在哪里？我曾经是世界的中心，怎么现在我连世界的边缘都够不着？我变成世界上的一个小点，我的行为受大环境的影响太大，而我本身对大环境却产生不了什么影响。

在我当年的工作单位，同事之间可以聊聊天、喝喝茶，感觉大家之间的关系很紧密。但现在的时代不同了，旁边的同事可能忽然出差了，或者一下被调到别处去了；也有可能一个人在办公室加班到晚上，才有时间和另一半打个电话，现在的办公室是散开来的。这种局面让人感觉迷茫。不只是职场人士，还没有进入职场的年轻人，可能更会有这种迷茫的感觉。在学校里边他们有一个很安定的小圈子，有同学，有朋友，感到很舒服。一旦进入职场他们就容易胆怯，不知道将来的人生会怎样。这种内心的胆怯，也会使人感到迷茫。

这种解释比较抽象，但我认为不是你们个人在改变，而是世界在改变。现在，个人很难说："让我们来改变世界。"所以，我们只好尽量接受现实，哪怕现实是如此一般。拿我们正在面临的疫情举例，在过去，可能只有个别人生病，可现在疫情一发生，全世界的人要一起面对。我们日常随意出入的地方，可能就被封闭起来了。被封城的人是怎样度过的？这种经历对他们而言，是惶然无措的。各位现在不能出国，不能回家，或者被限定在某个城市不能到其他地方去，也会感到茫然失措。这种感觉我完全理解，因为我是一个九十多岁的人，也不适应21世纪目前的社会现状，我也感觉迷茫。但是我同情各位，理解各位。

10

冷漠年代，如何重建人与人之间的关系？

面对内心迷茫这件事情，我觉得关键在于我们是怎么想的。我有两个建议，第一个建议是可以自己经营一个小的朋友圈。我们不会一整天二十四小时都在办公，我们还可以珍惜剩下的时间。一部分时间留给自己，一部分时间留给最亲密的人。不要只是躲在角落里，自己休息，自己玩耍，我们需要跟人接触，需要跟人聊天。去经营自己的小圈子，尤其是真心地认识一两个可以谈心的朋友，可以互相分享自己的心事，共担苦难、共享快乐，这是第一个建议。

　　你不要忘了，你是许多人中的一个。盼望别人给你关心，你首先就要关心别人。即使是在冷漠的、人员快速流转的办公室，你的脸上也要常带笑容；出去端杯水，走过路边，跟同事轻轻打个招呼，笑一笑。每个人都这样的话，你会感觉温暖一点。

　　部门会议上，你的上司和同事在商议如何处理公司事务。这个时候虽然是办公时间，但你也可以把这个团队看作一个共同作战的班级，或者一个共同出行的旅行团，或者一个游戏中的小队伍。这种人跟人之间的关系以你为起点，你可以用心经营出一个新的小环境。这个小环境的建立，对你身心都能有抚慰、有安慰。同时，周围的这些朋友，在你碰到困难的时候，也会有人劝解你，有人安抚你。你将你的困难告诉他，他也把他的困难倾诉给你，这样你们能够一起担当、面对。这种小环境里面的互相信任和体贴，代替了从前小区内部的温暖，代替了村子内部的温暖，代替了亲友之间的温暖。你可能不方便回家，但没关系，你的四周有一个个小圈子。小圈子不必重叠，不同的关系可以有小的、不同的圈子。

同时，对于我们个人来说，还需要面对现实，这是第二个建议。你有了小圈子以后，对大环境要有一定的认识。也就是说，你面对世界的不断改变，要理解它是如何改变的，改变的方向是往哪里走。能预料它会发生什么，你就不会惶恐。如此，我们心里最大的变化是接受了种种不确定性，并准备好了与其共存。即使发生了更为剧烈的变动，比如世界被疫情搞得天翻地覆，我们也同样可以冷静应对，沉着处理。

这个时代，人与人之间的关系淡漠了。重建人际关系，我想对大家都有好处。这是我对各位的劝告。

11

在快速变动的世界，你们是第一批被卷入大浪潮的人

我盼望你们理解，现在的世界已经进入快速变动的时期。世界开始加速改变，你们可能是第一批被卷入大浪潮的人。你们是新时代的开路人，我是赶不上了。在混乱的变化、动荡的时代中，我建议大家保持阅读的习惯。今天的杂志和书本有一个好处，就是网上可以查得到，你都不用去图书馆。有空的时候可以看半个小时，没空的时候看五分钟、十分钟也好。我到现在依然保持看报的习惯，这使我能理解周围环境和世界的变化。网络给我带来太大的方便，世界上发生了什么事情，经由网络检索一下子就能找到信息，甚至找到答案。这在过去是不可想象的。

自己的眼界放得开，注意力放得开，对四周的环境多了解，对我们自己只有好处，没有坏处。要想了解丛林，就得走入丛林。刚开始你可能步步小心，因为你怕哪里会踩空，你怕哪根树枝掉下来，你怕忽然跑出只野生动物来，你也不知道即将面临的是善意还是恶意。人生是个大丛林，世界也是个大丛林。我们可以看着丛林，防备它，但也可以享受它。丛林里面有非常美好的地方，也有天天改变的情况。有些改变让我们感到舒服，比如生活上的舒适；但有些改变，比如当前时代快速的变化，可能会让我们感到不舒服。如此种种"未知"既可能是危险，也可能是挑战——挑战本身就是一件令人兴奋的事情。

12

世界这么大，"国家"不是最大

世界这么大，我希望大家心里、眼里存着全球社会（global society），不要把"国家"当成最大的。我们最后的据点、最后的归属是人类，这个大的世界是属于我们所有人的。我们不要常常尔虞我诈，不要相信狭隘的民族主义，要摆脱观念上的限制。其实，从行动上我们老早就摆脱了。我们不再只是村落里面的人，不再只是社区里面的人，也不再只是城市里面的人。但我们还是归属于一个国家的人，还是归属于某个民族的人。

所谓突破这层界限，不是让你离开国家，国家是我们必须归属的，民族身份是我们无可否认的。但至少我们能把心胸放开，对其他国家的人，对其他地区、其他种族的人，能够长存宽容之心，长存同胞之心——"同胞"是指我们都是人类的一分子。我们共同拥有、享有地球上的一切，我们共同承受这个地球上的灾难。大家之间一定会有这件事、那件事摆不平的时候，但由此而产生的那些冲突，可以经由沟通、协商来慢慢化解。不要让仇恨蒙蔽了我们的双眼，也不要将仇恨永远放在心上。

我是个中国人，我也爱中国，但我总觉得中国还应该朝着更好的方向，做出更好的改变。让我们付出更多努力，一步步去实现这种愿望。同样，在我们所处的世界，我们还有共同努力的方向，还有共同前进的道路。

13

未来人类世界一体化，是一定会发生的

未来人类世界一体化，是一定会发生的。唯一需要担心的是，这个过程中会不会发生战争。我们当然希望不要发生战争，但这是要依靠我们的智慧来实现的。拥有处理这种局面的智慧，其前提是我们要了解自己，了解我们都是世界共同体中的一员。我们该如何共同阻止战争，消弭战争的阴影，这是很重大的事情。只有回头看，理解人类过去所经历的轨迹和人类在过去战争中给彼此造成的痛苦，才能有对战争的反省和消弭战争的觉悟。

我也谈谈我的个人经历。战争会给人造成很大的痛苦，对人的心理有极大的影响。我如果没有经历过第二次世界大战（后文简称"二战"）的艰难，就不会有今天的眼光和态度。世界大局能不能合而为一？这是必须的，也是不可避免的。但是，我们并没有为此做好心理准备。世界从四百多年前开始进入近代，两百多年前开始进入现代，一百多年前开始加速现代化。这种全球一体化的进程，一直在进行之中。现在的变化更是把各个地方的人的关系拉得很近，"天涯若比邻"，近到谁都躲不开谁的地步。

这一段人类历史的发展过程中，我们面临的矛盾很明显——白人社会以及白人国家扮演重要的角色，因为他们的开拓性强。他们的民族过去的历史，使得他们发展成为开拓型、侵略型的民族。所以，这一硬性拼凑的暴力组合，缺少"天下国家"的气度和包容性。

我们中国有这种意识。基督教原本也有这种意识，但基督教又有缺陷，它对上帝的信徒和非上帝信徒进行了严格的划分。传统中国其实是一个文化共同体，具有超越民族的包容性。在"天下国家"的概念里，不同国家的人之间是无界限的。虽然古代有中夏和夷狄的区分，但最终目的都是建设大同世界：先自己修身，然后才有能力照顾别人，进而照顾到整个地球上的族群。

我们要修己以安人、安民。安人与安民是不太一样的观念，安人是安顿个别的人，安民则是"安百姓"。"百姓"是种族的事情、族群的事情。姓是族群的标记，所有的族群都因"我"而安顿，大同世界的理想就达成了。这种"天下国家"的意识，不同于"天下主人"的意识，乃是中国文化体特有的观念。我希望我们有将这种意识推向世界的责任感；我希望用这种意识消弭民族间的界限，消弭民族间的仇恨；我希望基督教徒理解，天下是我们共同生存的地球——地球就是一个孤悬在太空的"大飞船"，我们都是这艘"大飞船"上的乘客。

人类共有这个社会，我们必须在一起好好生活，好好相处。这是我们正在走向的共同世界。当然，要实现这个理想有先决条件。我们不仅要盼望着这一天早日到来，我更要鼓励、呼吁大家为这一天早日到来而共同努力。我们要让世界知道，中国就有这样的"天下国家"意识。有了"天下国家"意识的人，就不会像特朗普那样，声称如果不听我的话就一定要毁掉你。"天下国家"的意识是"容纳"，而不是"征服"。

我们中国人在今天有个奇怪的现象。一方面，我们背了将近两百年的耻辱和仇恨，使得我们有很强的民族观；另一方面，我们的历史给了我们认识世界的"天下国家"观念。我们是深受民族主义影响的一群人，我们一旦知道并接受了"天下国家"的观念，或许就可以消弭民族之间的界限，这是我们要做的事情。

14

新科技时代，需要超越性思考

对于世界科技化的事情，我既欢迎又担心。科学技术发展到今天，几乎已经把自然摆在了配角的地位。过去农业生产的食物是自然生长的，但现在农业也变成科技农业了。很快我们可能做到这个地步：不经过土地，不需要天然的水、空气，我们可以在外层空间上开辟一片农场，在那里种植一些科研食物带回来食用。这种情况可能很快就会成为现实。我们的食物可以说是化学元素的集合，这些化学元素合在一起，构成了人体所需要的营养物质，也是构成人体的基本成分。

现在科技化的速度，快得令人吃惊。现在已经不是牛顿时代的科学，那个时代大家的欲望是有限的；也不是爱因斯坦相对论的时代；今天是量子论的时代。量子论的世界是无穷的世界重重叠叠，从大到小重叠在一起，叠合的方向、方式、层次都不一样。我们身体里面有无数小宇宙，我们身体外面有一层层、一道道的大宇宙。可能我们与别人是套叠在一起的，只是我们不知道；也有可能我们与别人重合在一起，只是我们不知道；甚至我们可能被一个更大的宇宙包裹，在里面被当作营养物质消化，我们也不知道而已。

在这种新科技世界里，新的宇宙观将在很多方面影响我们。各位这一代，需要想一些问题——科技对于人类是怎样的存在？我们如何超越思考，理解宇宙？我们已经选择了继续前进的方向，但这个方向是不是需要经过自我约束和有益的主观经营，从而使得我们不是被科技带着走，而是我们带动科技？近几十年来，信息科学及生命科学的发展，让人类的结合以信息流转的形式进行，我们的生活方式完全改变。我们想做信息的主人，想掌握信息，但我们常常被信息淹没。我们要理解、懂得自己，但懂得自己以后，发现我们不过是一大堆细胞而已。我们能不能在无数细胞中认定自己，并且重建自信？这些都是极抽象的问题，必须超越式地去思考，才能让我们不迷茫。

15

科技越发展，越需要肯定人类本身的意义

各位今天对科技的惧怕，可能部分来源于可以替代人力劳动的人工智能。可能有一天，我们不再用农田，而是用实验室来生产食物。这很有可能发生。但是这样一来，人类是不是都被化简为零，化简到我们所谓的"黑洞"？这是我们必须担心的事。我们并不能减缓科技发展的速度，也不能改变科技发展的方向。可如今科技发展的方向是求利，这利就是商业利益，这是不好的。试问我们今天的信息科学，哪一个重大的发明，不是在求更多利润的目标驱使之下产生的？有了新的发明就有复制，得到新的观念就有求利之心……这与当年早期科学求真的方向是不一样的。这能矫正过来吗？可以矫正，这是人的理念和欲望的问题，你我有责任帮助矫正。所以，在科技浪潮排山倒海而来、世界完全改变的时候，我们要寻找自己的理性。我们要理解自己可以做到哪里，应当做到哪里。

　　我们应该做的是，将中国人"天下国家"的世界观推广到全世界，让人类共享；在科技发展方面，我们要把科技这匹脱缰之马控制在缰绳之内，使它为了人类的福祉而存在；更重要的是肯定人类本身的意义，人类不能成为被奴役的一方。若我们的图利之心压倒了求知之心，科技发展的速度压倒了我们的存在，这就会变成非常可怕的现象。我们要警觉，早早注意到并思考怎样改变这个危机。浊浪排空而来之时，保持理性和做人的温馨，用人的温馨和理性找出一套处世立命之道。

人类的科技文明从最早的实用生产工具一步步提升到今天，人工智能要替代我们的智力。庞大的、快速运转的电脑可以比我们几千人加在一起的运转速度总和还要快。给它再复杂的问题，它也可以解决。

从另一方面看，机器处理枯燥的、呆板的资料，一点问题都没有，但必须由人"喂"资料、"喂"问题，机器才能思考。最终决定庞大的人工智能如何运转的，是人类每天"喂"的内容。终究，人类掌握着大部分的主动权。

我们应该在这个时候，在有这么多的工具给我们使用的时候，提出一些新的问题。

比如我们可以问机器："假如一切条件不变，我们这个社会可以维持多久？"

我想很快它就会回答说："就快到尽头了。"

如果问它："需要什么样的新因素才能挽救命运？"

它大概会回答你："需要找到新的空间、新的思想方式，找到弹性，找到变化。"

但是，只有掌握变化的来源、速度及变化本身，我们才能掌握变化。机器只能遵从、追随变化，而我们可以掌握变化，进而超越变化。

在这个过程中，我们可以与机器合作。我们终于学到了这一点智慧。我想，我们还是可以不断地使用今日科技的长处，来弥补人类智力的不足。注意，智力和智慧，我是将它们分开的：智力是你运算题目的能力，智慧是你预见后果的能力，二者并不一样。

不要丢掉智慧，增加自己的能力，这也许会使科技发展给人类本身精神境界的提升和演化带来相当大的帮助。我盼望着，物理学家中能出现更多的哲学家。

16

不要糟蹋自己，不要屈服于这个世界

各位的身体里都有一个自己，这个自己是最宝贵的东西。在你二三十岁的时候，要寻找自我，不要糟蹋它。第一，不要被欲望糟蹋；第二，不要被自怜糟蹋。

第一，欲望是最可怕的。若你被贪财的欲望、性爱的欲望、控制的欲望糟蹋，你就会被毁掉，你就不是你了，要留住这一份清白。第二，不要自怜，不要说你太渺小。一个人是渺小的，但许多人在一起相处、相识、相濡，还是可以得到安慰的。人的共同力量是无穷大的，人类能够同心合力做很多事情。今天的世界是无数代人共同铸造的，我们还要不断地塑造新的世界观、新的宇宙观和新的人生观。

保持一份清明，保持良心的独立性，保持慈悲和平的心和自重自敬的心。孔子将这道理归纳得很简单明了——人内外都应忠和恕。所以，重视你自己，面对滔天大浪的时候，要冷静，要有信心；带着团队一起互相交流，互相分享，互相分担。

各位还年轻。你们要活到我这岁数还有很多年，也有可能活得比我还长。

说实话，这么长时间要活过来是相当辛苦的，但是我不能回头，我也不需要回头。我一路辛苦过来，保持了自己的存在，从来没想过糟蹋自己，也没有屈服于这个世界。我的自己有一半由我掌握——我的心态、我的意向、我的人格和我做人的道理。你要理解，你是完整的人，不是儿童。这一辈子，"完整的人"这四个字是你的责任。保持你的完整，不屈服、不腐化、不猥琐。你是顶天立地的人，世界因你的存在而改变，因你的不在而缺憾。

第三章

归结到内心，人要对自己负责

每个人都有抓不到的云，都有做不到的梦

17

每个人都有抓不到的云，做不到的梦

疫情期间的隔离，是给大家一个机会，想想自己，想想别人，想想我们依靠别人帮了多少忙，我们多怀念大家协同合作、自由来往的那些日子，我们盼望疫情早点过去。因为有此珍惜，有此爱护，我们又在一起的时候人和人之间的关系就会更加真诚，从而互相产生更有实质的影响。

那么你也尝试着回头想想，你是不是真正合理地做了一些你该做的事情？你自己有没有过分贪婪、过分霸道、过分要求，而忽略了别人，踩到了别人的脚，伤到了别人的心，辜负了别人的好意？这都是我们"往里走，安顿自己"的时候，需要反思的问题。

安顿自己更要紧的是，在欲望达不到的时候，你必须知道：人不可能所有欲望都达到，每个人都有抓不到的云，都有做不到的梦。你要理解：抓不到的云，让它飘走吧；做不到的梦，有机会再做也好，没机会再做，你还可以做别的梦。

你必须掌握自己，自己才是存在的主体，而不是跟随潮流去变化，也不需要跟着人家的意见变化。拿个梯子是直着走还是横着走，要有自己的判断。就像那个"父子骑驴"的寓言，是父亲骑还是儿子骑？是两人一起骑还是两人牵着驴？什么都听别人的意见，这种人不能安顿自己。要先找到自己，找到真正的问题所在，才能往里走，安顿自己。

18

我这一辈子的顿悟，很多是机缘

顿悟与渐悟其实是一回事。有些刺激，偶然之间碰到了机关，忽然开了一扇门，使你理解了一个常会困扰你的问题，忽然使你警觉到一种特殊的精神状态。我这一辈子的顿悟，很多是机缘。

抗日战争逃难的时候，朝不谋夕，下一步会到哪里不知道，下一站有没有饭吃也不知道。我看见了周围的苦难，也看见了周围人与人之间在尽力互相帮助。不认识的人在必要时帮把手，扶着我过去。并肩跑了一段路的人告诉我们"小心前面有坑"，过来把我拉住，让我别掉到坑里面去了。日本飞机在天上盘旋、机关枪扫射子弹的时候，旁边的人一把拉住我，趴在地上，他看我是小孩，就趴在我背上，替我挡子弹……这种情形，让我觉得人类的精神真伟大！

我有过顿悟的经验。那时候逃难到大巴山的一个高峰顶上，天风猎猎，四周都是黑黢黢的山坡、山顶的轮廓，只有遥远的西方，一缕阳光在那里射下。那个时候，不只我，整个山顶上的挑夫、逃难的人都被惊住了，慑住了——在大自然面前，人会感到自己有多渺小！

1957年，到美国留学，我是坐货轮从海上去的。我的父亲是海军出身，他很早就告诉我，海面最平静的时候要小心。海面平静，同时能闻到一种涩涩的味道的时候，要特别小心，因为这预示着极大的风暴马上要来。海面平静的时刻是短暂的，它正好是个间隙——风暴的前驱已经过去，后面大量的风暴和大幅度的颠簸马上就会到来。海面什么时候最好？不断涌起白色的小浪花，这是最好的海面：虽然平静但总是有些小变化，下面的翻到上面来，上面的翻下去，总是一直向前流动着。

这些经历都给我一个刺激，让我理解人生的各种情况，有时候忽然启发我，给了我一个一直在想的问题的答案。

虽然已经九十多岁了，但我的思想还没有定型。我随时准备面对新的问题，随时准备用新的思考方式去处理它。我不会总是用同一套思考方式处理过去一直面临的问题，我会尝试新的角度，每天学一些新的东西，每天对过去的思考方式产生一些质疑，这是我养成的习惯。我们做学术研究的人，永远不会认为自己到了终点站。前面永远还有更长的路、更远的途径、更复杂的问题，等待着我们。

19

我对自己的期许，是尽力而为之

我觉得是不是精英不要紧。精英不是自己封的，精英是做出来的，然后人家称你为"精英"。我们不一定要想天将降大任于我，而是我降我的责任于我，让我做一个尽力而为之的人。我对自己的期许是尽力而为之，别人怎么样，我管不着了。我不能控制别人的评价，批评、责骂我都不管。我一辈子被误解、被责备，最近由于工作原因经常露面，有人说："许某人啊，好出风头。"我一个九十多岁的人出风头干吗？我是"尽其在我"之责，不是尽天降的责任。

"尽其在我"，就是将我剩下的一点点经验传给别人。因为别人很少有类似的经历，包括身体上的痛苦，但这种困难让我对人生产生了一定的态度和看法。其中有一点要特别提出来的是，我这样做不是为了对上天负责任，也不是为了对社会负责任，只是对我自己负责任。该做的做，该说的说，别人怎么想、怎么批评，我都不在乎，我尽力而为之，求良心之所安。你能在职位上做到尽力为之就够了，无须追求顶天立地，更无须追求被人家封为精英。如果自己没做到，那么是自己能力没有完全发挥呢，还是自己没有好好想怎么做这件事？总之，我尽力而为之。

身体的反应和心灵的反应是很奇妙的。心灵的反应就像磨刀，越磨越利，越做越顺，身体的情形也是如此。实际上，我已经瘫痪了，不能走路，也不能站立。但是，最近经过针灸以后，我的痛感有所缓解。半年以来，昨天晚上我第一次发现自己的大脚指头可以动了，这对我而言是一个大发现。别人可能觉得这是件无聊小事，但对一个瘫痪之人而言，一个大脚指头能动是一件了不起的事。我还发现我的脚可以左右摆动了，这也是了不起的事。这离不开我太太对我的悉心照护，我告诉曼丽[1]："爱，如此神奇！"

所以，你不要管别人的期望，也不要期盼有一天天降百万财富给你。降给你一个乐趣，降给你心安，这是上天给你的最好的礼物。

1　许太太孙曼丽。

20

面对人生困苦，要感恩，不要抱怨

我向来不喜欢诉苦，不过现在不是诉苦，我是将自己所经历的时代解释给大家听。我的困难从出生就开始了，我是生为残疾，长于忧患，后来背井离乡，现在病残到这个地步，基本上已经是瘫痪之人。我依靠着我的病床和病床上的那些设备，包括电动的吊兜——可以把我从床上吊到椅子上，再从椅子上吊到床上。椅子是个电动轮椅，让我可以自由移动。医院替我在家里布置这个病房，每个礼拜会派医护人员来了解我的情况。所以我是一个待走之人，待走以前，他们想要照顾好我。

从开头讲起。我是双胞胎之一，还是早产儿，生产的时候先母又生了一场病，由于双胞胎的养分为两个人共有，养料完全不够。我处在比较下面的位置，所以我是哥哥。在下面位置的胎儿只能吸收上面胎儿用剩的养料，于是我的肌肉就没有足够的营养。在该发展肌肉时，我的肌肉没有成长的机会。这使我在六个多月大的时候就提前出生了，我的关节和骨头被肌肉绊住不能成长，但成长过程中养料转换成骨质，所以机能都在，扭曲的骨头长得非常结实，只是位置不对。扭曲的骨质在脊椎里不断增长，就会压迫神经。所以我是高度残疾之人，出生时能活下来就已经不容易了。幸亏当时教会医生知道用现代的医学知识，把我放在育婴箱抚育。医生告诉我，七八岁以前不会动刀，七八岁以后想办法开刀。七八岁以后，抗日战争全面爆发，逃命都来不及，还开刀吗？所以从那时开始一直拖，在二十八岁的时候才开了五次刀，把两只脚矫正过来，可也不过是矫正到可以走路而已。那时我在芝加哥大学[1]读学位，前两个学期上课，第三个学期开刀。那段日子并不好过，可我熬过来了。九年前，我又开了两次刀，把脊椎骨重新整顿。到了现在，我的脊椎骨再一次不听话了，这次的结果是几乎瘫痪——我不能站了。

我在残疾之中过了一辈子，说不幸也不幸，说幸运也幸运。幸运的是在厦门传教士基督医院出生，他们用当时最进步的知识和医术，让我活着，我的一条命没丢掉。更幸运的是，父母并没有因为我残疾而不疼我，我们弟兄两个，父母都当宝贝一样爱着。我的兄弟姐妹对我很爱护，我的双胞胎弟弟等于是我的手脚，是我的眼睛。他出去跑一圈回来告诉我，那边树上有麻雀在

1　许先生于1957年赴芝加哥大学东方研究所攻读博士学位，1962年毕业，获人文科学哲学博士学位。

吃小虫子。外面小孩子在吵，他就跑过来说："外面好热闹，我们出去看看。"他就抱我出去，我们一起看看热闹，诸如此类。再到后来，他上学，我不上学，他放学回来就告诉我，他在学校看了什么、学了什么。

这都是我一辈子感激的事情，但我必须自立，要慢慢学着怎么样才能不被抱、不被喂，学习自己吃饭、自己挪动。抗日战争期间没有工具，我坐在小竹凳上，自己往前拉，半寸半寸地挪。再后来慢慢就学习站起来，每一道关口挣扎过去。母亲含着眼泪，静静地在旁边看；兄弟姐妹尽他们的力量帮忙。可我不要帮忙，自己挣扎着来。母亲看到我学着站起来的时候，在旁边真是提心吊胆，随时准备扶。但是她忍住不扶，让我挣扎过去。

到后来我长大以后，同学和朋友对我很爱护，没有人欺负我，都在帮助我，这也是我的幸运。学习的时候，老师给我特殊照顾。我没有读过初中，刚开始就读高一。高一的时候我有很多科目落后，因为这些初中的科目在家里是无法自修的。而我的学校辅仁中学给我优待，让我第一学期先试读，通过试读考试后再正式入学。我第一次月考就通过了试读考试。在辅仁中学，一路读上来同学们都很爱护我，愿意帮我的忙。特别是有个小班，最后几名的同学跟我一样，放学以后再学习一个半到两个小时，由功课最好的同学辅导，温习当天的功课，弥补我的不足。大家互相帮忙，一起温习，形成了一个很好的学习氛围，每个人都把自己学到的、理解的知识输送给别人。我相信我那个班是辅仁中学相处最和谐的一个班，也是后来进入学术界人数最多的一个班。这些都是我的幸运。后来我到大学，到研究所，帮助我的人无处不在。在芝加哥，医院免费替我开刀，一分钱不收。这一辈子，我虽然残缺，但是得到了特别多的恩惠和保护，也感受到了特别多的温暖。这使我能够撑到今天，所以我感恩，我不抱怨。

我生于忧患。抗日战争全面爆发后，每个人都在逃难。我还算运气好的，因为我父亲的职位是前线的最后一关、后方的第一道。他从武职转文职，在战区帮助那里的组织单位，支持前线的后勤工作，包括供应粮食和服装，以及发动民团的支持。我们一直待在前线附近，经常要逃难。日本人过来了，我们近则在湖北的几个县流转，远则逃到四川去，进川、出川，我们挪了好多次，见证了无数灾害，看见了无数人的死亡。

我那时八九岁。在万县的那半年，半个县城被炸掉。出了屋子，我看到地上一片光亮，房子被烧光了、炸平了。晚上不能睡，大家都笼罩在战争和死亡的阴影里，你们能够想象吗？逃难路上，几百人挤一条船，但是到了生命都在刀尖上的时候，我们的同胞都让老人和小孩先上船，壮汉留在后面帮忙把别人的孩子、妇人送上船去，最后他们拿着枪上船。挤不上大船的人就坐小船，跟着大船划，希望可以与亲人在岸上再见。

没经历过的人很难想象灾难的可怕，以及那种吃不饱的饥饿感。当时，上百个伤兵被运过来躺在村子的晒谷场上，第一天听到他们在呻吟，第二天声音变小了，第三天声音没了——人都死光了。治疗他们的军医，没有药，没有工具，活活地截下腿来，但伤兵的命还是丢了；活人就靠高粱酒止痛，洗伤口，这多么痛苦！整个村庄的人都在逃难的路上，老人走不动了，和年轻人说："你们走，你们走！留个种！"生产粮食的地方被日本人占领了，战火燃烧，饥荒蔓延。我父亲为了解决军民的粮食，在山崖水畔的地方，吩咐保长、当地的父老乡亲尽量种番薯。于是，在山崖水畔的地方种满了番薯，几十万的难民和村庄的几千人都有了食物保障。这种日子我们熬过来了。

我二哥十三岁就开始徒步行军，与同龄的孩子一起走几百里路到安全的地方去上学。他们自己种田，自己养活自己，自己扎草鞋、缝补衣服。

这种灾难、这种忧患，各位在今天这种安全的环境，在小康社会不能想象，但我们熬过去了。抗日战争胜利后，以为一切都好了，可是紧接着内战开始了，我们去了台湾。以我父亲的职位，本来能拿很高的薪水，但他已经退休了。那时我们一贫如洗，一分钱没带到台湾去。当时在学校里边，下午四点钟大家下课就赶快吃饭，能够抢到一碗饭是运气。有的人真的吃了一碗饭，吃得最快的人可以盛到两碗饭。油、盐不够，白水煮豆芽就是一道菜。早餐是一勺花生十三粒——一碗稀饭，里面有十三粒花生米。我们就是这么长大的。

到美国后，我们是外国人，从学习语言开始，要适应这个环境也是不容易的。即使适应了，我们也始终是外人。很多人过不去，很多人因此性情改变。但我们这一代人人多数熬过去了，性情改变得不多。我们也熬过来了，我们兄弟姐妹八个人都顺利地熬过来了。我们今天再回忆当年吃的苦，觉得是福气，如果没有那些苦难，我们不可能变得这么坚韧、这么强悍，不可能熬得住，不可能咬着牙撑过去。我想，当时在国内的那批青年也是一样，他们跟我同龄，他们跟我一样熬过了许多苦难。你们可以敬佩他们，因为他们受的苦不比我少。这种苦难铸造了我们的人格。

至于读书，我们从没有书本的抗日战争期间，到在美国读不认识字的书。那时没有书本，大家就靠互相传抄，学费就是靠公费、奖学金。生活费不够，自己打工赚。到台湾，缺书、缺设备，我们一样熬过来了。到大学，也是同学之间互相帮助，一本书我们大家轮流抄，大家共享。

这些困难熬过来了，我们并不骄傲，我们也并不畏缩，这是对我们的考验。我们感谢有这种经历，居然让我们熬过去了。有些人熬不过去，倒下了、病了、死了，我哀悼当年那些没有渡过难关的朋友；也有些人性情改变，乖戾了，偏激了，我对他们感到同情。因为不是他们愿意做出这些改变的，是环境太恶劣、条件太差导致的。

现在我九十多岁了，老病伤残，实际上我的医生属于老年病科，就是在有限的时间安慰你，让你不痛苦。我前一阵神经痛，痛得不能坐，每天只能下床一个多钟头，既不能坐又不能站，幸亏有针灸。我的儿媳妇学针灸，我的神经痛被她缓解了。我感谢我的儿子、儿媳妇能够帮我做这件事。我最感激的是我的太太，她无悔无弃，任劳任怨。因为我，她有了无穷的烦恼、无穷的忧患。半夜，她还要起来看看我是否睡得安稳。

上天给了我那么多的恩惠，让我活下去，让我渡过人生的难关。我必须尽力活下去，回馈世界，让大家理解一个忧患中艰难困苦的残疾人是怎么过来的，没有畏缩，也没有放弃。我愿意在离开这世界以前，尽一份该尽的力——做一天和尚，撞一天钟；做一天教员，跟大家谈一次话。

21

知识从哪里来？要读世界这部大书

有人问我的知识从哪里来，其实就是不断地吸收。我从来不放弃吸收知识的机会，我始终把周围的环境当作我的书。我离开台湾到美国留学的时候，有一位美国教授在台湾访问，他说："你不要单单读图书馆的书，你也不要单单读教授指定的功课，你要读美国这本大书，这本大书正在一页页地翻过去。"我最近写了一本书，谈六十年来我所看见的美国，报告读美国这本大书以后的理解[1]。我上街，我的太太开车，我坐在旁边。街上一静一动，我把看见的事情都在脑海里过了一遍，我在注意四周呈现的种种现象——今天的城市如何了？今天的人如何了？美国的问题在哪里？无时无刻，我不在读人、读社会、读世界。

当然，我经常读书，我每天看报纸和周刊。获取书太方便了，可以买电子书，也可以从图书馆调书，还可以在学校里查期

---

1 《许倬云说美国》，上海三联书店出版社，2020年7月出版。

刊、查数据，不需要像以前在书架里一点点去找。利用网络、电脑使读书变得方便，这是以前从来没有过的幸福，你随手一点书就出来了，还可以帮你检索。我非常感谢！

所以，如果我在今天九十多岁时离开这个世界，我不遗憾。我离开世界时，会想：我尽力了，现在熄灯号吹响，我睡觉去了。熄灯号吹响以前，我尽量"值夜"。今天跟各位谈话也是我"值夜"的任务。万一以后不再有这样的谈话，希望各位原谅！

近二十年来我的一本本书都是口述笔录的，包括《万古江河》，包括我讲述过去六十多年来的美国（《许倬云说美国》），等等。我的《中国文化的精神》一书也是口述笔录，我希望各位看看——这本书的内容是帮助大家理解：中国人精神部分的营养，是弥漫于日常生活的方方面面的。不但在书本上，在生活的各个方面，中国文化都向我们灌输着中国人的世界观。我希望大家可以看一看这本书，希望大家有共同的课题，一起思考。

22

归结到内心，人要对自己负责

找到真正的问题所在，才能往里走，安顿自己

中国群体的一些特质，可以弥补现在个体流动和社会疏离带来的一些问题。有一点我要特别强调：中国的群体有着不同的层次。从家族、邻里、乡党逐步上升到地区，最后到国家和天下，大家都在这个大群体内，各占层面，共同存在。分层次的群体，不同于"国家"独霸式地笼罩在内部各个层面的群体之上。

二战以前，最大的危机就是以国家为单位的国家主义，国家是终极的、最有权力且最合理的大群体，但这个想法是不完全对的。在一个国家之内，国家也应该容忍许多不同群体自己结合，必须容忍个体跟群体之间不同层次的互相对应和回报——人从群体里得到庇护、帮助和温暖，再以更多的帮助和温暖回馈这个群体。人对群体做到了尊重，也尽了自己的义务，这才是能互相对应的个体和群体之间的关系。不同的群体对应着不同的权利和义务。

最后，归结到内心，人要对自己负责。与基督教和伊斯兰教不一样，中国文化最有特色的是不以神作为一切智慧、理想和文明的来源。人是由自己创造的。人就是天地之中心，人间的智慧、才能让人结合起来。每个人内心的思想和情感，要不断提升到一定的高度，像磨刀一样，把自己的内心磨得更光亮、更干净。人的内心修养不仅能使自己得到好处，也能从个人辐射到社会其他部分，让别人也因此得到益处。

见贤而思齐，我们看见好人和合理的行为就去学；见到错误的行为，每个人都拿来当镜子照，时时刻刻捕捉和矫正自己。我们一直在修整、提升、精炼、蜕化，使得个人变得更好，这样个人所属的群体也会变好。个人所属的群体变好，就会使个人不寂寞、有安慰、有交流，使个人得到有滋润的营养，这可以解决现在个体化的问题。

美国的个体化是从白人社会中出现的，雅利安人的社会基本上是个人主义的。基督教在个人之上加了一个上帝。不然，个人主义以利为主，并不以理想为主。在中国文化中，利的部分可以转变为理想。

西方的思想与中国的思想一个很大的差别在于，西方思想总是认为人类社会的发展有一个终点站，这个终点站就是理想的实现，就是理想国或乌托邦。中国人不这样认为。中国人认为事物永远有改进的余地，世界在不断变化，变化的缘故既有外力的刺激，也有内力成长的刺激，还包括互动作用的刺激——个人与个人之间互相学习、模仿、抵消和矫正，群体与个人之间互相矫正，群体与群体之间互相矫正，这是一个非常复杂的网状结构。这个网状结构叫"Network"，"Network"本身是永远在变化的。

中国人的精神中最要紧的是变化。《易经》就是讲变化，唯一不变的就是"变化"这两个字。这个观念再加上群体之间不断地协调和调整，就可以抵消个人主义高涨、国家慢慢萎缩后被人利用，以及没有权力的人无法对抗国家机器这些现象；也可以抵消仰仗着科技，生产工作和管理工作一步步付诸自动化和更多辅具等现象。

这些自动化辅具造出来之后，是人工智能管理我们，而不是我们去管理人工智能。我们人类被自己创造的大型人工智能所捆绑：今天，我们的大型人工智能，借助网络信息的流通，已经可以在无人操控的情况下，知道我们每天生活的情形，可以支配我们的账单，支配我们的交通，支配我们的日常生活，乃至家里的温度。

我强调的中华文化的特色，一个是群己之间的关系，一个是不断提升自己的责任——在提升自己之外，还要帮助他人提升。现在，全球互相"interlock"（紧密连接），形成互相协调、互相结合的复杂群体结构，这里面有独立的部分，也有联合的部分。

联合起来就是全球的人类总体；分开来就是一块块的小群体，大到国际组织，小到家庭和朋友圈，都是被套连在一起的。

因为有这种套连关系，没有人能真正完全独立。不同单位之间彼此互动、拉扯和刺激，都会产生新的能量。这个能量就是人类社会一直在改变、提升，追求更加协调状态的动力。这样，人类社会才是一个文明的社会，如同流水一样，在流动之中不断更新和改善。

第四章

你要安世界，就得先修己

我们能不能定住脚跟？能不能掌握自己？

23

我想建造几座"桥梁"，联通大众与学术

近百年来，中国的知识分子接受着外来输入的现代教育，他们接受的教育越"先进"，他们的著作离中国本土可能就越遥远。我们的社会整体是在不断改变，不断地走向世界，可是知识分子走得太快、太远，这使得知识分子和社会大众之间基本上处于脱节状态——知识分子和大众没法交流。

普通大众不知道知识分子在思考什么；知识分子们写出一本本关于某个时代或某个学者的专著，对普通大众似乎并没有什么用处。所以，我立志要填补这个空白，我想建造几座"桥梁"，这些"桥梁"是联通历史与现代、大众与学术之间的通道。

在我早期的著作里，我做的是专题历史研究——有专门的断代、专门的研究范围，还有很深入的小细节。我用这些细节来建构、复活那个时代的生活环境，以及当时的人们怎么处理与世界和周边环境的关系。这方面的著作是我写大社会、大历史著作之前必定要有的自我训练。没有这些必要的基础训练，写出来的大历史著作将会是空泛的。

在我写的书中，我主要用"网络结构"这样的观念，把许多不同的个体、群体"interlock"——互相套连起来，看它们互相刺激和互相引导后所产生的变化趋向，来指出在某个时代的某个问题上，哪种力量占主导作用。然后，再换另一个角度看另一种力量，去理解历史中复杂的变动现象。

我的工作，其实和物理学家借用量子力学去建构对宇宙的认识很类似。他们想了解宇宙中种种粒子和结构之间的互动——它们怎样从小变大，从结合到分离再到结合，如何重组改变，构成现在的物理群体和物理现象。我跟他们做的是相似的工作。

我从大的文明宇宙里边，看到大家共通的文明。每个地区性文明都带着过去的传统，也带着过去的负担，更带着过去的"工具"。人们该如何把旧的"工具"转换成新的"工具"，并把旧的负担放到一边？或者，该如何把负担转变成"资源"，使生活变得更有意义？这些问题都是我想要去探讨的。

比如，我在《中国文化的精神》这本书里特别指出，在中国人的日常生活中，都会有一点《周易》中的观念。古与今、寒与热、干与湿等这样的观念，会在我们日常生活起居的空间文化上有所体现——不同的方向代表了干燥或潮湿、明亮或黑暗等。这一套不断变化的大宇宙，将中国人的生活融合在一起。我的希望是，经过自己的努力，把我所理解的中国社会及其历史演化进程呈现给大家。这既能让我们更清楚地了解过去，也能让我们更清楚地了解自己。

对于大历史，威尔斯（H. G. Wells）等人都有相当著名且值得称赞的著作，但那些著作也都有着自己的局限性。因此，他们的书在畅销了一阵之后，就没太多人注意了。他们的努力，在专家们的眼里就显得不够专业，过于空泛。我要尽量避免重蹈覆辙。对于每一个问题，我都尽量用专业工作中所获得的成果——其中不仅包括我的工作成果，还包括我的历史学、考古学、社会学、人类学同行们的收获，这些全都纳入我的写作结构之中，一起进行思考。

这是我写历史一贯的方式。这种方式与我大多数美国同事的方式很不一样，与"中国大通史"更不一样。"中国大通史"里面可以有一百个题目，这一百个题目就会产生一百个单元，但是这些单元互相之间的时代联结会显得相当生疏。

美国的大历史著作也是如此。世界史、美国史、欧洲史或者文明史都只提供了一种叙述，而不能提供一种解释。我盼望，我的著作能在叙述中"解释变化"。在变化的形态、模式得到理解之后，我们才能慢慢掌握自己到底需要什么样的变化，以及如何理解这种变化。

我的问题取向，是用结构的方式来看结构的变化。"变化"本身就是我的课题。如果人类学能够体现历史变化的某个部分，能为我提供素材，那么我就运用人类学的知识。其他学科同样如此。我不固守任何一个学科，也不固守任何一个时代。

24

什么是中国文化最基本的精神？

中国的基本假设是人为天地之中心，人一步步扩大变成天地。所以创世者是盘古，他倒下后，身体就变成山川河流，皮毛就变成草木，眼睛就变成天上的日月。整个宇宙就是由人、由创造者转化而来的。创造者的精神——上达天，下通地——叫"宇宙精神"。中国把这天地之间最神奇的力量叫作"道"，叫"神"，"神"与"道"是一样的。人内部的精神也是用这个"神"字表示。

　　道教里的"元神"就是指：人除了肉体，还有小小的自我。修炼了一定的功夫，它会化为小人或者其他形态，从头顶跳出去，自己游戏一下，再回到脑子里面，这就是你的"元神"。中国人脑子里的神也是通达天地与内心，和天地间的神是一回事。这就是中国文化的特色——以人为本。

　　中国儒家最要紧的价值观"仁"，它的要义是"忠恕而已"。"忠"，就是我心中最深处、最真挚、最诚恳的部分；

"恕"就是将他人看作自己，将心比心。"忠""恕"合在一起是"仁"。"人"边一个"二"，"人二"，两人相处同在。"仁"道就是"忠恕"之道，也就是人类的"人"这个字。通天达地就是"大宇宙"，就是"大人"。这就是中国文化最基本的精神，是当年寻找圣哲的时候，从孔子以前就有的观念，一直延续到现在。它与基督教、犹太教、伊斯兰教的假定不一样，与佛教的假定有点接近，但不完全一致。

25

中美文化最大的差异是什么？

美国期许的是基督教的理想：爱人、容忍、自由、平等。但实际上美国做到没有呢？似乎并没有。美国从立国到现在，正一步一步离开最初的理想。

美国刚立国的时候还高举"爱人"与"容忍"——基督教清教徒的理想，但后来，基督教独神信仰的专断，却慢慢显现出来：不信神、不入基督教，就不算是一个文明人。基督教排他的独断思想，逐渐发展为美国白人文化行为模式的特色——"自以为是"：即使是朋友，还是保持相当距离；旗鼓相当的对手之间，一定要争出个高下。

中国的理想在哪里呢？中国的理想是建立在个人立场之上的，从社区、社群、社团、社会到国家，个人是各种群体的基础，每个人都有相对的权利和责任。相对权利，意味着人要自己尊重自己，也要尊重别人，有重视人的特色。中国的"创世记"——巨人盘古化生为宇宙——讲的是宇宙的创造者和宇宙本身是一体的，整个宇宙就是一个"人"，这和"上帝创造宇宙"的观念有根本的差异。

中国文化的精神基础，以人为本体。人作为个体，也作为群体，彼此之间——人与人、人与群体、同层次群体之间、各层次群体之间——不断扩大提升、不断交流、不断改变、不断修正调整，使大家可以在一个宇宙空间过日子，而不至于踩到别人的脚。或者，踩到别人的脚以后大家都退后半步，使每个人都有一点空间，互相合作，互相协调，这是中国社会结合的特色。今天的中国人不应该忽视中国文化的这一特色，我盼望中国人能体会到：人与人的合作与彼此尊重，才能纠正过分"个人主义"带来的缺失。

中国儒家的以人为本，是儒、佛两家文化精神基础的最大差异。中国的思想是儒家与佛教的结合。儒家讲究以"人"为本，佛家认为精神大于形体存在。佛教思想还重视时间的变化，到最后就是"空"，并且以此弥补儒家思想强调入世后"知进不知退"的问题。

儒家与佛教的结合，使中国思想和西洋思想有很大差别。中国的许多"神"，大多是机能的神、功能的神，神不是独断地生活，神也不能独断世间的权威。中国人讲"公平、正直为神"：公平，是人与人之间以公平互相对待；正直，是自己做人不能自我扭曲。这应是人间共存的基本原则。在我们日常生活的各个层面，从中医理论的"协调""调和"，到风水、八卦，以及民间的宗教信仰，都以如此理念贯穿解释，作为关注的原则。我在《中国文化的精神》一书中，从不同角度、不同领域，都曾对此现象有过详细阐述。

比如，中国文学里一些自然形象都是人格化的，人性和自然环境往往叠合在一起，展现人和自然的关系。

苏东坡的《赤壁赋》为什么动人？他把自己放置在一个孤舟中，月夜茫无边际，一条船上就这么几个人。在这个时候他想到了宇宙的无限和个人的渺小，他想到了过去和现在正如流水一样不断地变化，他也想要察辨自己在哪里，察辨自己能不能定住脚跟，能不能掌握自己。

中国人在诗歌艺术中展现了时空中的生活美学，表达了他们与自然的互相适应，到达了以自然风景来形容美学的境界。中国的精神文化在民间日常生活里面，不知不觉还在重复出现，只是大多数人不太注意这件事。

26

你要安世界，就得先修己

《万古江河》里没有帝王将相，没有开疆辟土，没有一般教科书里讲的政治纠纷等，只有社会文化、经济发展。我就是想提醒大家，中国这五千年来一直在进展、吸收、改变，就像小溪流入大河，大河流入长江、黄河，长江、黄河分别流入东海和渤海，再流入太平洋，最后理想的目标是远处有个共同的"天下国家"，那里面没有列国纷争，大家在大同社会里一起过日子。这是我所盼望的理解《万古江河》这本书的方式。"万古江河"就是不停留，永远在流转，趋向全球化的方向，这是我写这本书的心之所在。

至于读中国的历史书，我觉得像我这样写宏观一点的历史而非区域史的人不是很多，但也有人开始写。像黄仁宇的角度——以一个小问题、一个年代来看整个时代的方方面面，这是可以读的。此外，我希望国内外学历史的同人能多写一些关于民俗方面的信仰和理念的书，使得被士大夫所忽略的我们老百姓的格言、行为标准、崇拜对象等能够呈现出来。

这部分力量深深地埋在中国文化的底层，使中国文化常常能够在穷途末路的时候换一个天、换一个朝代重新开始。因为改朝换代的真正力量不在士大夫，而在最底层的民间。但很不幸，起义的人常常不是建国的人，起义的人有起义的能力、勇气和用心，但没有建设文化的能力。但今天不一样了，我们的教育普及了，我觉得有必要将底层的世界发掘出来，呈现给大家，将底层的思想与上层的思想结合起来。

非常不幸也不巧的是，中国两百多年来一直受外患的影响，被影响得忘记了自己，外来的信仰俨然占据了主流，成为文化的最上层。以基督教为基础的西方文明，有其独特的历史背景、需求和功能。他们的"道"是上帝与人之间的契约关系，在那个"道"里，上帝是偏心的，对于不信他的人，不仅不予理睬，还因为不信而降罪。顺我者昌，逆我者亡，神不做公正的裁判者。

中国人的"道"，是老百姓种田种出来的"道"。种田人感受着自然界的一静一动，立春、春分、清明等二十四节气都是天地之间季候的改变，是自然生态的改变，我们把它当作生活的指标。我们说的"离天三尺"就是良心，人的身高一般不超过六尺——良心就是天，天就是良心，对不起良心就是对不起天。这个天是大秩序的总称，是一种宇宙的力量。

这种底层文化根深蒂固。但是近代以来，它遇到了崇洋媚外的文化冲击，从坚甲利兵开始，到理论学说，总觉得借来的东西最好。其实不必，也不能这样想，因为借来的东西，必须经过消化，方才能够内化吸纳，收为己有。佛教传入中国，中国人用了上千年来消化这一外来的信仰。基督教传进来，我们还没有消化成功。

外来事物，如果是借来的，必须经过消化。消化的意思是先咀嚼，再吞食，再消化。不能直接吞下去，要通过咀嚼检验这东西跟我合不合，然后再吸收。边吸收，边修正，方能将食物转化为营养。这是我写《万古江河》的原意：总结过去的经验。

回顾我们吸收外来事物的经验，早期输入的佛教，修改了多少？中期输入的中东转世观念，修改了多少？解脱，那一理想世界究竟在未来，在过去，在死后，还是在"洞天"的山洞？

我的解释是：在心里，自己建构一个理想世界，然后先修己，再安人。先安你附近的人，再安远一点的众人，再安百姓。要安世界，必须先"修己"。因此，这一理想世界的所在，还是自己先做好"修己"，当作追寻解脱的前提。

27

我盼望过去的历史，能帮我们理解当前的世界

二战后，世界的形势发生了重大变化。美国帮助欧洲复兴，在亚洲扶持日本和韩国，还经历了朝鲜战争和越南战争，美国在整个太平洋的霸权也是逐渐显露。可是，近十年来，形势不一样了。

　　中国近十年来的发展非常引人注目，尤其是在生产方面。由于中国的劳动力价格便宜，而且工人素质又好，美国的很多厂家都把自己的生产线放到中国，中国逐渐变成世界上最大的生产国。美国历来是制造大国，可这十年来变成了最大的消费国。这一出一入，美国的经济就变得很不一样，因此造成了十年来美国内外的一些变化。

　　第一个变化是与世界其他地区的合作方式发生改变。之前美国和欧盟是和平相处的伙伴关系，在特朗普的任内变成了领导对属下的关系，这种局面欧盟接受不了。拜登也不过是五十步笑百步，于是局面就越弄越僵。第二个变化是美国对全球化潮流的态度。前总统特朗普自找麻烦，他认为经济全球化对美国是不利的，美国本身就是强国，为何要在全球化的市场条件下去遵守别人的规定？于是，他用各种方法退出全球化。他不遗余力地压制中国——用片面的关税对中国向美国出口的产品设限，还不断用武力威吓中国。这也造成太平洋局势的紧张。这些都使美国原有的威权发生了质变，这种质变非常严重。

我们用中国历史上的事件来举例。春秋后期，晋国已经被三家分权，赵国是三卿中第一个占有晋国主权的。赵衰对同人很好，对民众很好，对其他国家也很好，所以大家称他为"冬天的太阳"。但是赵衰故去之后，赵盾执政了，他要求大家出钱出兵，对大家的态度也并不客气。赵盾在国家之间如此，在内部同事之间如此，对民众也如此。赵盾就像夏天的太阳，烤得人发慌。

用这个例子来比喻的话，二战后的美国是"冬日之日"，特朗普时期的美国是"夏日之日"。这个变化使得美国维系的世界霸权产生了问题。有许多国家选择与中国合作，不与美国合作。特朗普也不反省，以为可以用强硬的政策把中国压倒，结果弄得越来越糟。特朗普作为极右派，用强力的手段干涉立法机构，抵制国内许多民生法案与救济法案，把内政弄得很糟糕；对外采取强硬的政策，聘用并派任非常强硬的霸权论者作为各地的外交使节、军事代表，甚至还有驻军司令官，引发了世界其他国家和地区极大的反感。

这样一来，局势逼着中国不得不做出反应。而世界各国中，有一些国家宁可与中国一起构建人类命运共同体，也不愿接受美国的领导；有些国家，尤其是西方国家，虽然不认可美国现在的领导，但仍然相信美国会改变，而中国的体制跟西方是不一样的，所以他们对中国的误解非常深。

世界霸权是否会转移，以及转移之后该怎么办，已经成为这个时代不得不面对和思考的问题，它给世界造成了很大的困扰，中国也深受其苦。一方面，美国主导的世界霸权会不会垮台，如果垮台，中国是不是有可能构建新的世界秩序；另一方面，大家对中国的政治体制怀有很深的误解。这种局面在目前僵持不下，不仅对美国不利，其实对中国更为不利。

这一两百年来，中国刚刚站到大国的边缘上，就面临着被抵制的风险；又面对着必须对美国有所反抗，否则会被压倒的无可奈何的局面。面对这种情况，中国是硬也不成，软也不成；美国的情况则是想要强硬但硬不下去，没本钱还不服气——特朗普就是如此。拜登接任后，同样是举棋不定，因为已经到了骑虎难下的局面，对中国既不能求和，又不能压制。这个局面对世界整体的安宁和平是极为不利的，尤其对中国的国防问题构成了困扰。所以，今天的世界霸权问题已经和十年前大不相同了。十年前大

122

家讨论的是理论问题，今天则面临国际政治、地缘政治上严峻的形势。

我是中国人，但我住在美国。因此，我两边都关心。我希望拜登至少能比特朗普更理性一点、温和一点，我相信他能够做到。中美两国都平心静气地寻求共同合作，大家合则两利，斗则两伤。中美之间如果出现激烈对抗的局面，甚至用武力对抗来解决问题，世界一定会遭受重大的损失。就中国而言，两百年一遇的上升机会，还没有走到一半，就面临严重的打击，这对中国非常不利；对美国而言，与中国和平相处，也未尝不是好事。如果美国一定坚持激烈对抗，国内经济和国际形势都不一定支持。直至目前，唯一可以做的是中美两国都平心静气，坐下来好好谈。我的理想是世界没有霸权，大家平等共处，借助讨论、会议，用各让一步、合作分工的方式，寻求解决问题的答案。

作为在美居住的华人，我这样说不仅出于自己在这个窘态之下心里难过，更是因为我身为华人而身在美国，我对美国内部有一定程度的了解，对祖国和中国文化也有一定的认识。我诚恳地请求，中美双方在这个局面下能够尽量求合作。

我也盼望欧盟的局势能够恢复过来。自从英国退出欧盟以后，欧盟本来几乎找到了新的平衡方式，但特朗普的一些政策又让欧洲局面陷入混乱。我盼望欧盟把俄罗斯吸收进来，不要把俄罗斯当作抵制的对象。东欧集团里有许多很有前途的国家，以前它们在俄罗斯的笼罩之下，今天的局势已经不一样了。如果把俄罗斯好好融进来——体制不一样，结果就不一样，大家好好谈，那也是一样的道理：合则两利，斗则两伤。稳定欧洲的局面，稳定太平洋的局面，就可以基本稳定世界局面。

至于日本这个国家，我们要注意它，它在二战时期闯了弥天大祸。我们中国受到了极大的伤害，没有日本插一脚，中国的现代化进程和崛起速度会比现在好得多。日本侵华使得我们遭受那么大的损失——几千万流亡的难民，几百万伤亡的将士，以及当时正在建设的现代产业在战争中全部消耗光。我们在战后原谅了日本，并没有要求它偿还债务。但我要警告大家，这个国家不简单。美国一直在压制日本，日本敢怒而不敢言。因为美国的军队驻扎在日本的土地上，美国的舰队停泊在日本的港口里，美国的飞机盘旋在日本的机场上。三十多年前，日本的经济曾发达到让全世界都流通日本货，美国受不了了，用经济制裁把它一棒子打到底，日本到今天都没爬起来。这些事情日本不记得吗？它清楚得很。以前的日本首相安倍晋三面对美国，忍气吞声，可能是想要学勾践那样，什么侮辱都肯忍受。继任者菅义伟，我看不出他究竟有什么想法。

二战以后，我们从重庆复员回家，乘坐的那条海军老船老得都不能用了。但当时船只实在不够，应该报废的船只都被用来装载眷属。我们的船没有注意航道变化，搁浅了，日本当时还未撤退的海军奉中国司令官的指令，把这条船拖出来。一百多个日本兵，坐着两条船把我们拖出来，到汉口港替我们加煤。一百多个士兵形成了人力传输带，一筐筐送煤，一个上午的时间就完成了这件事。一百多个败兵，纪律之严整，效率之高，令人佩服。我们不能不防备这个国家，这个国家会起来的。

我们从现在开始，要使日本不疑心中国会压倒它。亚洲很大，容得下几个大国；太平洋也很大，容得下几个大国。不一定非要你死我活。中华文明圈，像日本、韩国、朝鲜和越南，大家都可以在圈子之内共同合作。日本人在心理上想侵略中国，比如明朝万历年间，丰臣秀吉想以朝鲜为跳板征服中国，但没有成功。除此以外，几百年来，亚洲圈除了北方民族持续冲击中原地区以外，太平洋沿岸基本上是太平的。我盼望过去的历史，能够帮助我们理解现在的世界。

28

那些被打倒的文明，需要重整旗鼓

自从小布什当政后，美国迅速地垮下来，我的儿子放弃工业社会，只想过"一个人的生活"。我的儿子已经五十二岁了，他这一代人一个个心灰意懒，宁可过一种平衡的日子，也不过一种没有爱情的日子。儿子和儿媳妇都是博士，虽然都可以去学校教书，但是他说："我们不要去学校里天天写文章、算分数。"现在两个人都在网上做事，编写一本关于摄影、美术的小杂志，薪水仅够他们一家三口吃饭。他宁可这样，也不从事工业流水线一般的教书工作，他就是要有"人的生活"，仅此而已。

　　他们这一代人在政治上不投票，直到上次特朗普被选举出来，几十万学生开车去抗议，伸张"我们要另外的选择，不要特朗普的作风"。特朗普就是典型的保守共和党，以自由的名义找赚钱的机会。"That's all, not fair minded."（生活本身就是不公平的。）在这一代美国人中，类似我儿子这种生活态度的人越来越多，他们讨论的是西方文明的崩溃。芝加哥大学的麦克尼尔的名著《西方的兴起》（*The Rise of the West: A History of the Human Community*）出版到现在已经六十年了[1]，而现在讨论的却是"declined fall of western civilization"（西方文明的崩溃）。下面紧接着的问题是：崩溃之后，什么能代表人类文明？

我常用的比喻：我们东方几乎所有的民族，坐着独轮车、汽车、马车，一个个进入了同一个辉煌的火车站；但是我们进入后，发现轨道已经生锈了，最后一班车已经走掉了，火车站后面是一些荒芜的坟墓……我们的现状就是这样。

所以我说这一段话，表示类似的问题不仅出现在中国，也存在于美国、日本和欧洲各国。日本同僚和我在不正式的会议中讨论，他说日本是个好学生，在学习西方以前，学中国学得很好。等到明朝的时候，日本人觉得自己比中国更好，就萌生了一个想法：我为什么不能替代中国？等西方文化来了，日本人认为：西方文化比中国文化好，我可以做到跟他们一样，我为什么不做呢？

但是日本的本钱不够，所以需要扩张。日本人给自己的扩张找了个理由：要"拯救东亚"就必须先把东亚拿过来，通过烧杀、掠夺、恐吓都可以。这个同僚称之为"over expansion"（过度的

1　该书写于1962年。

扩张），而所谓"过度的扩张"，是为了完成"拯救东亚"这一"高贵"的目标。后来，日本被美国打败了，但也只是在军事上被打败了。经济上，日本坦克打不下的地方，丰田车打下来了；炸弹降落不了的地方，"八佰伴"征服了。但是现在，日本人的生活，八成以上的老百姓，每天摄取食物的热量并没有提高，居住面积紧缩、生活烦躁，以及烦躁后的失望都比以前更严重，每年的自杀率不断增加。

所以，无论是美国还是日本，都面临着同一个问题——文明的崩溃，这是一个全球性的问题。美国的政客小布什、美国前国防部长佩里和前总统特朗普这些人，做事不够格，比谁都不如啊！英国选不出内阁来，日本也选不出内阁来。这是一个全球性的问题，这是长期文化的问题。

现代文明是科技挂帅、生产挂帅。现代人的工作不是为了求知，乃是为了寻求利润。应用本来是应该跟着理论发展的，但现在应用赶在理论前面，因为有市场。要先生产，发展应用，应用研发受阻才考虑更新落在后面的理论。如此的"科学"就不是真正的科学了，这是为富人服务的科学。民主后面是人权，人权的每一张投票中，一百张烂票压过了十张好票。

那些被打倒的文明，需要重整旗鼓：这是我在最近二十年努力做的事。现在似乎已经被打垮、被打倒、趴在地上的文明，包括印度文明、伊斯兰文明……都必须拿出真功夫。印度人快忘记自身的文明了，伊斯兰文化被广泛误解，印第安人更不知道自己的文明在何处。

如何从被遗忘的文明中，拣出足以填补西方主流缺失的珍宝——最近二十年来，我就是努力在做这件事。

第五章

全世界人类曾经走过的路，
都算我走过的路

全世界人类曾经走过的路，都算我走过的路

29

直到遇见我的太太孙曼丽

与生俱来的伤残，这是我的灾祸，也是我的福气。我一辈子不能做俊男，所以一辈子不能有美女。十三四岁时，兄弟姐妹们都去上学，住在学校里。当年他们的学校都流亡在几百里、几千里之外，只有我独居在重庆南山，除了松树就是白鸽，女孩子对我来说，眼不见，心不动，久而久之成了习惯。

现在年纪大了再回想起来，我对女性真的没有什么特别的感觉。从小一起长大的亲姐妹、堂姐妹、表姐妹们，每个人都有自己的性格，在我脑子里，女孩子从来没有什么神秘的，也无所谓可爱或可怕。在我眼中，她们都只是个人而已。

抗日战争胜利后，回到无锡念书那两年半，我忙得发昏，因为我必须从零开始，夜以继日地用功，直到成绩名列前茅。说实话，如果我跟平常人一样健全，在正常学制里，不见得能激发出这样的学业兴趣与动机。当时男女之防相当严格，教室里的座位，男生坐六排，女生坐两排。由于我免上体育课，当大家去上体育课时，教室里空荡荡的，只剩我一人。男同学们有时会托我传书递简，要我拿信放在某个女生的抽屉里，等于是邮差，现在想来我觉得很好笑。

我也跟其他男女同学一起合办板报、写文章，那时候同学之中已经有人搞学生运动，江南学联的领导学校就是辅仁中学。在那种政治气氛下，儿女之情暂时摆到一边，所以也没怎么样，我还觉得班上的女同学仿佛都是我的表姐妹、堂姐妹呢！对我而言，每个人都只是个体，没有叫我特别动心的，而且班上男生和女生的人数比例是5：2，每个女生都有我的朋友追求，在道义上我也不能再有什么行动，这是"江湖义气"。我们在战争中、在逃难中长大的人，江湖义气摆第一。

在台湾大学时，我也未尝没有相当谈得来的异性朋友，只是缘分止于友谊。

在芝加哥读书时，大家开同乐会，我的工作常是在舞会门口收门票。俊男美女虽多，但我不沾惹这些事。不过也有女同学觉得我为人直爽，跟我谈话有一定的趣味，我天南地北什么都可以聊。而且我对文学的兴趣很高，她们认为我是个很好的谈话对象，连外国的女孩子也愿意跟我聊聊天。我很理解这种情形，甚至不把她们当女生，只是一些可以谈话的好朋友。我开刀住在医院期间，有个中国女孩子在里面做事情，经常来找我，蛮照顾我的，别人误以为她是我的女朋友。后来连我也没有把握，她对我是不是有一些其他的想法。

但是我从来没有放开自己，我在心里筑了一道墙，过滤外来的东西，使我不会盲目。这道墙是我天然的残缺，有其他动机的人，自然会被这道墙过滤掉。我心里一直存着界限：必定要有一个女孩子，能识人于牝牡骊黄之外，就像伯乐识马，她得看见另一面的我，不是外面的我，而我也看得见这个人，如果有这种心理上的自然条件，我会打开心门的。

所以，欣赏我的性格以外的人是不会进来的，因为她不会欣赏我。俊男美女很容易搭在一起，但那中间可能是错误的，因为我有这个天然的过滤器，比较不会犯错，直到遇见我的太太孙曼丽。

曼丽是近代史研究所所长陈永发的同班同学，他们班上有好几个女同学，我对身边女生的高矮胖瘦常常搞不清楚。我除了注重他们的课业，常常盘问功课之外，其他事就不太管了。他们交报告的时候，不管是男生、女生都好像有点怕我；后来我当了系主任，很多学生不敢到主任办公室来。老实讲，我对他们班上的同学一点都不熟悉，只是从考卷和他们写的文章，交叉配合，判断这个学生的程度如何。因此，曼丽在学校读书时，我并没有追求她，直到她毕业两年后我们才开始交往。

当时我对学生们找工作的事是很愿意帮忙的，被我推荐的人很多。曼丽的第一个工作是在台湾"中央图书馆"（现台北"中央图书馆"）。那时候"中央图书馆"馆长是蒋慰堂先生，他是我的长辈，跟我私交很好。我是江南人，他觉得跟我聊天蛮有意思的，戏剧、文学……杂七杂八的什么都聊，无形之中就成为忘年之交。蒋先生是徐志摩的表弟，大家都不晓得他童心的部分，他还会唱昆曲。当时他手上有个元明史的计划，他问我："你有没有学生可以帮忙，担任我的助手？"恰好当时曼丽问我有没有工作可以帮她推荐，我就把她推荐给慰老。她从那个时候开始到图书馆工作，后来又到圣心书院教书。

经过一阵子的交往后，我们觉得彼此都很相契，就决定结婚。我们的婚礼就由李德心一手操办，1969年2月9日，农历年前七天，我们在台北怀恩堂结婚，由周联华牧师主持。沈刚伯先生跟李济先生是我们的证婚人，沈先生还亲自挥毫写了长歌《丹凤吟》祝贺。当时，我母亲非常高兴。

这是上天赐给我的福分，让我终于遇到不在乎牝牡骊黄的伴侣。那时候我四面八方受人打击，又遭到情治人员的围剿，她隐约知道，但不清楚具体细节，我也不吓唬她，确实辛苦了她。1970年，我们到了美国，那一年她才二十七八岁，抱着一个八个月大的娃娃，拎着两个箱子。原本我只打算到匹兹堡担任客座教授，没想到一待就是三十多年。

1969年，许倬云先生与太太孙曼丽在台北怀恩堂举行婚礼

　　我常说上帝是非常好的设计者，但却是非常蹩脚的品管员，所以我的缺陷非常严重。不过，上帝对有缺点的产品都有产后服务，会派个守护神补救。我的前半生是母亲护持，后半段就是曼丽了。她们是隐身的天使，我非常感激。这是我生命中很重要的一段，我必须交代。为了照顾我，曼丽确实比一般的太太更辛苦，这是我感愧终身的！好在我们相契甚深，其他都不在乎了，

一辈子走来，感到生命充实丰富。如果我们可以选择，下辈子还是愿意再结为夫妻。

我们的独子许乐鹏是我在台湾"中研院"（全称为"中央研究院"）服务时出生的。乐鹏小的时候，他每晚上床前我都会给他讲个故事，隔天早上他起床，见了我就说："爸爸，我睡觉了你在工作，我起来了你还在工作，你晚上没睡觉。"我说："我只是睡得比你晚，起得比你早。"我们家的私人情感是很好的，这是上帝所赐，我非常珍惜。

在美国芝加哥大学读博士时的许先生

乐鹏在芝加哥大学读完了学士和硕士。芝加哥大学的人文学科不分科系，就是"一般人文"（humanity general），他这是学我的样，我在芝加哥大学也是读"一般人文"。我刚进去时是在东方研究所读书，该所和历史系不分家。我毕业时，他们说无法把我归类，就把我归到"一般人文"。

芝加哥大学的历史系很奇怪，一半归"一般人文"管，一半归"社会科学"（social science）管，随你挑，老师和学生觉得自己属于哪一边就归哪一边，所以乐鹏念的也是"一般人文"。他当过四年的记者，后来觉得不足，又回去念书，读的是纽约大学的人类学。纽约大学是后现代的大本营，他最近还去英国做研究。但他不愿意进入学术界。他说："我不是一个做分析的人，我要做有创造力的人，我要形塑、创造一个东西，我不做分析。"

我们也希望他过的是一种宁静、情感满足、精神生活充足的日子，他要做到这一点，我想绝对没有问题。他从芝加哥大学毕业后，除了必要时穿袍戴帽之外，别的场合他还是平常故我，因为他不愿宣扬。这个孩子是我跟曼丽两人亲手带大的，等于是我们自己形塑成的人物，也是我们自己性格的表现。我举个例子，美国人习惯高中毕业时办场舞会，每个学生到公司打工、在麦当劳做小窗口服务员赚钱，千方百计筹措自己的费用，包括雇汽车、租一套晚礼服、护送女孩子参加舞会。美国高中生从高一就开始存钱准备这件事。当时和乐鹏一起来我们家玩的漂亮女孩子多得很，但是后来他带去参加毕业舞会的女孩子，却是一个从来不曾在一起玩的女孩子，他说："没人约她，我约她！"结果，那个女孩子的爸爸到我们家来时还手足无措。

我们对乐鹏是双语教育，他在外面讲英文，回到家里讲中文。小时候我们教他讲话，动物园、zoo、老虎、tiger，两个名词一起用，这部分词汇他够用，因为他已经习惯双语背景，所以说中文没什么问题，心里也没有感到种族问题带来的压力。他在美国上的小学是匹兹堡大学附属小学，本来就有各式各样的人。他自己对阅读中文也很用功，九岁回台湾时，曾一本正经地在当地的"金华小学"注册，当二年级的旁听生。那时候他就非常喜欢漫画，直到今天漫画还是他的嗜好。他也可以写中文，到餐厅还可以点个菜，看中文报纸也没问题，这都是他自己一路摸索出来的。他的英文写作也很好。

高中时，乐鹏也是优秀生。他的同学群体很国际化，有犹太小孩、中国小孩，在美国的优秀生里，有外国背景的比当地背景的人多。乐鹏对家里的亲戚朋友都很有礼貌，中国人平常在家里怎么做，他就一定怎么做。每到过年的时候，他一定回来。我们家有一卷"祖宗轴子"，那是我们离开故乡时，先父知道可能回不去了，在轴子上写了历代祖宗的世系表，裱得精细，到台湾后就一直挂在家里。我和弟弟去美国时，我哥哥请人抄了两份，一份给我，一份给弟弟。过年时，我一定把轴子供起来祭祖。后来我们供"祖宗轴子"时，乐鹏便负责摆祭品，供上祭品之前他会先鞠个躬，上好了再鞠个躬，卸下"祖宗轴子"时，也先鞠个躬。这些我们都没有教过他，但是他自己知道该怎么做。他太太Thalia Gray是波兰、爱尔兰、苏格兰混血的美国人。有一年，她来我们家过年——那时候他们还没结婚——找回头一看，怎么这个女孩子也跟着我们一起向祖宗鞠躬？显然是受了乐鹏的影响。

我们都蛮喜欢这个洋媳妇，乐鹏在英国当记者时，她也在英国做事，担任杂志社的写稿员，替医学研究人员写研究报告。

他们居然想到用中国的针灸帮助怀孕。2006年3月，他们迎来一名男娃娃，我为他取名"归仁"，媳妇姓Gray，所以"归"字是他母亲的姓，不是我们家的辈分，我们应该公公道道，把父亲的姓拿上去，母亲的姓也要拿上去。但是中间有个"归"字，下面的字就很难取了，结果归去归来，归"仁"最好，就取名"归仁"了。

退休之后，我除了忙一些公家的事之外，身体还发生了一点小问题。2006年，万芳医院买了一部新的计算机断层扫描仪，邀请我和曼丽，以及我姐姐做了免费检查。结果这一查麻烦大了，我的心脏冠状动脉高度钙化，意思是我的冠状动脉随时会爆裂。

从理论上来说，人的器官都会钙化，皮肤也会钙化。后来我想起来，先母七十岁的时候也有这个毛病，心脏瓣膜硬化，不能闭合，可能会造成血液倒流。她还有心肌肥大，情况相当不好，但她还是活到了九十四岁。不过，有这些症状的人，情绪不能有太大的波动。喜怒哀乐太激烈，心脏血液就流得快，血液在硬化的血管里流得快，很容易造成血管破裂。这东西一崩，人就拉倒了。所以我交代曼丽，只要我的血管一崩，不要让我当植物人，该走就走。

我今年（2009年）即将八十岁，我的日常生活很有规律。我写了《万古江河》之后，又写了一本小书，讨论中国历史上的"我"与"他"、"主"与"从"。此外，我还做一些阅读，写一些短文。儿子一家也在匹兹堡，住处离我们不远，每周孙子来我们家两三次，由祖母照顾。这个孩子性格好，祖孙三人共处，其乐融融。

匹兹堡的中国友人，来自台湾、大陆、香港，大约二十人，每两三周聚会一次，听我讲历史，目前正在讲近代史。这种谈话会逼得我非先厘清头绪不可，对我极有帮助。

我自己反省，八十之年，够用是富，不求是贵，少病是寿，淡泊是福，知足是乐，有这种生活，夫复何求！当然，残疾带给我的疼痛，到老更甚，全靠内服外敷止痛，曼丽照顾我比以前更辛苦了。我自问生死之间，看得很淡，唯有辛苦了曼丽一辈子，怎忍舍她而去？如果真有来世，我还盼重续今生之缘，但是该由我照顾她了。来世的职业呢？也许还是学历史，可以冷眼热心地看世事。

（本文为2009年许倬云先生接受台湾"中研院"的访谈记录）

30

全世界人类曾经走过的路，都算我走过的路

许倬云1930年出生于江南世族大家，是生长在新旧两个世界之间的人物。他触摸到了旧文明系统的夕阳，也同时受到了西方式的知识训练。他在两种世界中一起成长，二者共同帮助他去观照和思考更辽阔的事物。在许知远看来，许倬云是一套密码，需要保存，需要不断书写。他的智慧，能帮助我们思考，如此脆弱的文明，应该如何呵护。

一、抗日战争的经历影响了我一辈子

许知远：您现在还会常想起哪段时光呢？

许倬云：回忆最多的是抗日战争期间。抗日战争期间的经历影响我一辈子，也影响我念书时选方向，以及我关心的事情。抗日战争期间是求生不成，求死不得。我又是残废，不能上学。我七岁时抗日战争全面爆发，那时候我都不能站起来；到十三岁才能真正拄着棍走路，别人都在逃难，我就依靠父母带着我走。我父亲的工作是战地文官，逃难的时候，文官最后一个出来；打回去的时候，他第一个进去。我们就在战线边前前后后跑，常常在乡下老百姓那儿借个铺，庙里面借个地方住住，所以我体会到了老百姓是怎样生活的。

我常常在村子里面，老是被搁在人多的地方。我就看老百姓的日子：农夫怎么种田，七八岁小孩怎么到地里抓虫子、怎么拔草，诸如此类。那一段时间，我进进出出都是在小村落的偏僻地

1937年，许先生与小姑妈、双胞胎弟弟许翼云及九弟许凌云在沙市江边

方。有时候日本人打得急了，我们临时撤退，撤到前不着村、后不着店的地方。所以我的心不是在家里，我的心一直念着那些人。

许知远：这段经历对您后来的历史写作有直接的影响吗？

许倬云：对，我的第一部英文著作是《中国古代社会史论》，第二部英文著作是《汉代农业》，写怎么种田。我说你们大学者、大教授写老半天书，饭怎么出来的也不知道。我就写《汉代农业》，写汉代人是怎么种地的。后来也是，街上的事，我兴趣最大；老百姓的事，我兴趣最大。

许知远：您1970年来这里教书的时候，能非常清晰地感觉到美国的力量吗？

许倬云：没错，晚上的匹兹堡，半边天是红的，白天半边天是黑的。

许知远：红与黑。最初来时美国力量这么强，这几十年，您看到这个力量的变化是什么？

许倬云：衰了，1980年以后衰得很迅速。每隔几个月，就听到哪一个工厂关了；每隔几个月，又听到哪个工厂搬了。搬一个工厂就表示一个镇的人失业，关一个工厂就表示几万人没得活，惨得很。工人都是做技术工作的，有经验、有能力、有尊严。那个时候，黄昏，你到市场、超市去看，当天卖不完的东西都搁到后门口。老工人的头上戴个帽子，压到眉毛低低的，领子拉得高高的，奔到后门去，搁在那儿就是让他们拿的，罐头、面包，拿着就快跑。有尊严的人过那样的日子就惨了，到今天都没有恢复过来。

许知远：所以您看到了这儿的工业文明挽歌？

许倬云：对。二战期间，登陆艇是在这个岛上造的，一个小时完成一台，一串串拖出十台、二十台登陆艇往下跑，跑到出口，装上军舰运到前线，一个小时一台，生产力多强。这里的钢铁工人有几万人，曾占全世界钢铁出产量的四分之三，那实力真强大。

许知远：您小时候看他们种地，其实抗日战争时候，就是农业文明的挽歌。到这儿您又看到工业文明的挽歌。不断地看到挽歌，您是什么感受？

许倬云：农村没有挽歌。我们抗日战争能坚持十四年是靠农村撑起来的，农村的力量是强大的。连前带后，我们近四千五百万军民伤亡，四川一个省出了近三百万青壮年，基本上没人回家。草鞋、步枪、斗笠，一批批出来。而且那时候的农村，各地撤退的人，或者拉锯战的时候，前线撤到后边农村，农村人一句闲话不说，接纳难民。多少粮食拿出来一起吃，没有一句怨言，粮食吃完了就一起饿。满路的人奔走，往内陆走，没有人欺负人，没有挤着上车、上船的情况，都是先把老弱妇孺往上推，自己留在后面。大陆上奔走，多少老年人走不动了，跟孩子说"你们走，走"。

许知远：是不是这段经历，让您对中国始终特别有信心？

许倬云：所以我知道，中国不会亡，中国不可能亡。

二、为常民写作

许知远：您在最近的写作里常提为常民写作，常民的重要性，为什么您这么强调这点呢？

许倬云：因为我们同行的各种著作里头，通常只注意到台面上的人物，帝王将相或者什么人的成功，写的是名人的事情、头头儿的事情，讲的是堂堂皇皇的大道理，老百姓的日子没人管。所以在《中国文化的精神》里面，我讲的就是老百姓吃饭、过日子的事，都是人跟自然整合在一起的事。

中国有二十四个节气，我们过日子总是注意到人跟自然的变化同步进行，这是人跟自然的协调。所以诗里面一定拿自然风景的变化来形容不同的风格，讲情绪是人的事情，但情绪后面藏满了自然的变化。我一辈子最喜欢李白的《忆秦娥》里的八个字："西风残照，汉家陵阙。""西风"，季节；"残照"，日夜；"汉家"，朝代；"陵阙"，生死。八个字，四个时段，每个时段都能描绘出具体的形象来。

我们常民的日子，可以说无处没有诗意，无处没有画景，无处不是跟自然相配，无处不是与人生相和。这种生活不是只有知识分子才有，一般人一样有。老头儿散散步——大雁已经成行了，往那边飞了，眼下的燕子回来了，都是一直深切地跟周围相关。这种境界不是欧美的生活能看见的。

许知远：但这种生活，是不是在20世纪很大程度被中断了？

许倬云：中断了，就希望你们把它恢复过来。

许知远：那您觉得怎么重建？

许倬云：要许多人合作。要有敏感的心情，要有同情的心情。同情的心情就是将心比心，才能够看出周围无处不是诗，无处不是画，任何时候都拿我跟人放在一起，拿自然放在我心里。这样他的精神生活就是丰富的。

许知远：您觉得对中国的常民来讲，历史上这么多朝代，生活在哪个朝代是最幸福的？

许倬云：汉朝。汉朝将国家的基础放在农村独立的农家，这样才能出人才，才能出财富，这是交通线的末梢。城市都是交通线上打的结，商人、官员都在转接点上。编户齐民，汉朝是最好的，到南北朝被毁得很厉害。宋朝大户变成小大户、小大族，以县为基础的大族，不再是以国家为基础的人族。明朝恢复了一些汉朝的规模，但恢复得不够，又被清朝推翻了。

明朝跟清朝都有的一个最严重问题是，有相当一批国家养活的人。明朝要养活的是职业军人，朱元璋养兵，向他投降的兵、得了天下后不用打仗的兵，都养在卫所里面，由国家养。土地划给他一大片，不纳粮、不完税——浪费。朱元璋登基的时候，白吃的就几个人，主要是他和他侄子，到明朝亡的时候，近八十五万人白吃。他白吃就算了，一个省里面还有好几个王爷，到后来每个县都有王爷，王爷府里的人都是白吃。清朝八旗是白吃，有了这批白吃的人，国家就不对了。所以真正讲起来，唐朝也不错，可唐朝的基础不在农村，唐朝的基础在商业道路上。

美国常民，我认为是二战以后，大概20世纪50年代到70年代，日子过得好。没有很穷的人，富人也没有占据那么多财富。那个时候大家自尊自重，社区完整没有碎裂，生活的差距不大。

每个人有尊严，有自信，人跟人之间的关系也相当和谐。后来，城里面的小店铺一家一家不见了，连锁店一家一家出来了，市场出来了，这些人就慢慢消失掉了。

许知远：现在的美国力量，您怎么描述它？

许倬云：本来把大家结合在一起的宗教信仰、族群聚合，都由于都市化的关系在散开；散开以后，美国无法凝聚。但有转机，两个转机。第一个是头脸人物的聚集，吸收新的血液，以及加强他们的团结性。这在我看来是不好的，后来就会变成少数寡头政治继续延续，并端到台面上来。

第二个是好的，是小社区自己求活。小社区不一定是村子，不一定是镇子，比如洛杉矶有几条街，那几条街就可以合起来做点事。这种事情正在进行，我们已经能见到，我收集的资料里面就有一百多例。小社区内互相帮忙，但他们不会走到像以色列开国时候一样的公社，大概会走向合作社的基础，或者一个会所的基础，集体一起买东西进来分着用，比较便宜。集体排出一个单子：修炉子找谁，修电路找谁，修管道找谁，盖房子找谁……这一圈里头的两三千、三五千人，自给自足，不假外求，省钱，并且互相有感情。几千人构成的社区在慢慢浮现。这个社区出现以后，会实现真正融合，就像中国的邻里街坊互相帮忙。

许知远：小的互助团体？

许倬云：对，在台湾叫"眷村"，眷村里面的孩子从来不会饿着，爸爸、妈妈来不及回来做饭，眷村里面的人就会给饭吃。慢慢凝聚起来，就等于古代的部落，这个小社区和那个小社区结盟，就能共同做更大一点的事情。所以有两条路，一条是上层往下通，一条是下层往上合。

三、受教育是为了超越未见

许知远：在这么一个价值转型过程中，一个历史学家可以扮演什么角色？

许倬云：我们可怜得很，我们只能记人家做过的事。我的另一行是社会学，所以我能把社会学的东西放进历史里，可以做得比较自由，不然纯粹拿发生过的事情让我研究，那难办。历史要活学活用，不是找例子，也不是保存东西，而是全世界人类曾经走过的路，都算我走过的路。这样，可以排出无数的选择，让我们在找路的时候，绝对不会只有这一条路或者这三条路。

还有，学历史可以学到从个人到天下之间各个阶段、各个层次的变化，以及变化里面的因素。因为我是将社会和历史合在一起研究的，所以我的历史观里个人的地位最小，文化的地位最高。文化脱不开社会，脱不开经济，脱不开政治，也脱不开地理，脱不开天然环境，脱不开我们驾驭天然环境的科学。文化是一个总的东西。年鉴学派的思考（年鉴学派错用了"年鉴"这个名词），就是要超过"年"这个尺度看待历史和文化。

许知远：他们以千年为鉴？

许倬云：以万年为鉴，时间最长的是文化，更长的是自然。最短的是人，比人稍微长一点的是政治，比政治稍微长一点的是经济，比经济稍微长一点的是社会，然后是人类文化，再然后是自然。

许知远：在这么长段的文化尺度下，人显得那么小。那您觉得人怎样才能获得自身的意义和价值？

许倬云：我对人的理解是这样子。山谷里面花开花落，没有人看见它，那个花开花落，是白白地花开花落，它不在我们理解的世界里面。今天能给黑洞照相了，我们才晓得去黑洞里面玩，我们的宇宙知识才多了一大块。没有卫星一个个上去，我们怎么知道月亮背后的东西？所有我们知道的，都是用肉眼看见，或者用机械的眼看见，或者用推理的眼看见，或者用理论的眼来看见。人受教育的功能，不仅是用受的教育能换得吃饭的工具，也

155

不仅是受了教育要知道人跟人相处，和平相处。要有一种教育，养成远见，能超越你未见。我们要想办法设想我们没见到的世界还有可能是什么样，扩展这种可能性。

在芝加哥大学读博士期间，许先生花二百美元购买的高尔夫球代步车

许知远：您自己遇到过那种出现很大精神危机的时刻吗？

许倬云：我伤残之人，要能够自己不败不馁。我的性格从小生下来就如此。如果长到十五岁，一棒槌打倒了，那完了，起不来的。我从生下来就知道自己有残缺，不去争，不去抢，往里走，安顿自己。

许知远：您说过后现代世界都陷入某种精神危机。人无法安身立命，西方、东方都有相似的危机。

许倬云：现在全球性的问题是人找不到目的，找不到人生的意义在哪里，于是无所适从。而世界上诱惑太多，今天我们的生活起居里，有多少科技产品，这些东西都不是家里自己做出来的，都是买的。今天你没有金钱，你不能过日子。必须过这种生活，就不能独立，既然不能独立，你就随着大家跑，大家用什么，你跟着用什么。

尤其今天的网络空间里，每个人彼此影响，但是难得有人自己想。听到的信息很多，但不一定知道怎么拣选，也不知道人生往哪个方向走，人活着十什么。只有失望之人，只有无可奈何之人，才会想想我过日子为什么过，顺境里面的人不会想。而今天日子过得太舒服，没有人想这个问题。

许知远：那这种盲目最终会导向一个很大的灾难吗？

许倬云：对，忙的是赶时髦，忙的是听最红歌星的歌，不管那歌星的歌是不是你喜欢听的。人的判断能力没有了，没有目标，没有理念，人生灰白一片，这是悲剧。自古以来，人类历史上最重要的阶段有轴心时代。那个时代每个文化圈都冒出人来，冒出一群人来，提出大的问题。他们多半提出问题，而不是给出答案。那些问题今天还在我们脑子里边，那一批人问的问题，历代都有人跟着想。可现在思考大文化的人越来越少，因为答案太现成，一抓就一个，短暂吃下去，够饱了，不去想了。今天的物质生活丰富方便，精神上却空虚苍白，甚至没有。人这么走下去，就等于变成活的机器，最后是我们来配合人工智能，而不是人工智能来配合人，我们没有自己了。

许知远：那怎么应对这样的时代呢？如果一个人不甘心，但他力量又这么微薄，他怎么应对这样一种潮流？怎么自我解救呢？

许倬云：这个就是你们媒体、新闻界，以及知识界请第一线上的人做的事情。我愿意跟你做讨论、谈话，就是希望借助你把这消息告诉别人，一千个人、一万个人中有两三个人听，传到他耳朵里面去，他听到心里面去，我就满足了，你也满足。

许知远：您的解决方案是什么？

许倬云：叫每个人自己懂得怎么想，看东西要看东西本身的意义，想东西要想彻底，不是飘过去。今天的文化是舞台式的文化，是"导演"导出来的文化。

（本文为许倬云先生接受许知远采访的记录）

只有失望之人，只有无可奈何之人，才会想想我过日子为什么过

31

孙曼丽：我们俩都很幸运，过得很好

许太太孙曼丽大学毕业留影

一、你怎么这么大胆子敢跟他结婚？

许知远：我想和您一块儿看看照片。

孙曼丽：看这些照片才知道自己以前那么年轻，时间一晃，就晃了这么五十年。这是大学的时候，应该是1964年、1965年，怎么以前那么漂亮。

许知远：这是许倬云先生。

孙曼丽：他是历史系的系主任。我同学问我，你怎么这么大胆子敢跟他结婚？我们同学都怕他，因为他一见你面，就问在念什么书，他性子又急，于是每个人见到他转弯就逃，就我不怕他。

许知远：他讲课是什么风格？

孙曼丽：他那个时候单身，你知道单身男生跟结了婚的男生不一样，他风趣得很，讲课的时候就是想说什么就说什么，总是很得体、很轻松。

许知远：他后来怎么跟您在一起的？

孙曼丽：我毕业了，有事情就过来找他，慢慢就越谈越多，所以这是很自然的一件事情。我们今年是结婚五十年，我觉得我做到我该做的了。我跟他在一起，前面是他教我很多，我很服他。现在是我在照顾他，他很服我。所以我们两个不太容易起争执。我很多朋友，结婚的时候也还不错，可是不知道为什么越过越远。我觉得很幸运，我们俩是越过越近。婚姻不是很简单的事，你得花心思。我的原则是你必须尊敬他，你才会爱他。如果你不尊敬这个人，你看着他，你东挑他的毛病，西挑他的毛病，那这个人就不能跟你处下去。同样，对方要尊敬你，那么问题就没有了。

二、只要敢来找他，他绝对教

许知远：您是他的第一读者吗？

孙曼丽：他现在很生气，因为我常常不肯看。其实我想等他写完，我再看。

许知远：（20世纪）70年代的时候，您是最早的读者？

孙曼丽： 基本上是我鼓励他写的。那个时候他还没有想到写，是我告诉他你既然有这么多的意见，你别跟我说，我烦得很，你写下来。他写下来以后，慢慢脑子就整理得很清楚了，而且他的观察力很强。

许知远：几十年间，许先生最高产的时候是哪段时间？

孙曼丽： 他是（20世纪）80年代开始一直到现在没停过。70年代的时候，他说他在台湾的八年——1962年到1970年，已经落下了很多东西，他刚来的那几年，常常待在图书馆里，非常认真地阅读那些漏掉的东西。到了70年代中期，他就开始写文章，等到80年代的时候他就成熟了。他退休以后进步更快，因为退休以后就没有教书的任务了。他为什么提前退休？他说我到教室看着那些小孩子，怎么我像个三家村小教书先生在教那些牙牙学语的孩子，因为他太熟，而他们太生。退休以后他反而更活跃，因为他到很多地方去给研究生、年轻的新教授们上课，谁的胆子大一点，运气好一点，只要敢来找他，他绝对教。你不找他，那没办法，他也不找你。

许知远：我赶紧搬过来住。

孙曼丽： 有一个南京来的年轻教授，在南京听过他演讲，就来找他了，现在每个礼拜来两天，一天来上一个钟头的课。他会列问题，把问题送去他同行的朋友那里讨论，那边再给他一些问题。于是许先生就非常喜欢，他说这样的话，我也可以想很多。

所以我常常跟他们讲，他脑子里的东西可多了。他脑子里有多少东西我都不知道。他记性特别好，脑子里头学的东西清清楚楚的，所以有问题要谈的时候，你就找他，他很喜欢人家给他提问题。他现在发现脑子里还有很多的东西，可是没有力气写了。

三、他不认为身体的不完美会影响到人的完美

许知远：他会有陷入情绪低潮的时候吗？

孙曼丽：会，他情绪起伏非常大，常常低潮，我就常常跟他转换话题。我们最近讲得最多的话题就是他年纪大了，开始想家了，常常想无锡，我说好吧！咱们做个妈妈做的菜，我给你炖个蛋吃。他就说真好，跟我妈妈做的菜很像。

许知远：对家乡的这种感觉什么时候变得强烈呢？

孙曼丽：跟年纪有关系。我就观察到，体力变弱的时候，脑子就活，人就老想家。他前两年还没有到这个地步，还在专心写。

许知远：为什么许先生的意志力会这么强，为什么他的创造力能维持得这么久？

孙曼丽：创造力维持得久是靠后来的训练，可是他为什么能够维持得这么久，归根结底是由于他的毅力和不认输的个性。在我们结婚以前，他们家里的姐姐跟嫂嫂都说，老七，你就到乡下，花点钱随便找一个人回来，可以给你生孩子、管家就行，他说我为什么就要找一个给找生孩子、管家的人就行了？他不肯承认这一点，他的个性是我要找我想要的，你们讲的话算什么？

他比较追求完美，他不认为他身体的不完美，会影响到人的完美。我从跟他在一起，我从来没有把他当成一个身体有缺陷的人。在他退休以后，体力变弱之前，我们两个出去买菜、上街，我们都牵着手走路。他走路慢，我走慢一点就是了。有一次碰到他嫂嫂了，她说曼丽，你怎么又让他出来买菜？我说怎么了，他为什么不能出来买菜？他应该做什么？人都要老，很多跟他同年龄的人，好手好脚也不见得比他好，我的朋友都说，他跟与他同龄人比的话，他算是很好的，而且是非常好。

我们俩都很幸运，别人怎么看我们是一回事，可是我们俩过得很好。

1969年，许先生与太太孙曼丽结婚留影

四、我跟他在一起像照镜子

孙曼丽：最近他身体比较弱一点，他就开始担心，说曼丽，我走了你怎么办？我说咱们现在先每天过日子，等你走了再说。他说你走了之后，我怎么办？我说咱们先过眼前的，每一天过好就行了。他真的很会愁，世界不好他发愁，中国不好他发愁，中国好了他又发愁。愁真多。我说你不叫先天下忧，你是天天忧。可是你再想，既然他不能往外跑、往外跳，那么他忧就忧吧！

许知远：许先生会恐惧死亡吗？

孙曼丽：他基本上对死亡不恐惧，他有时候很累就说，我过得这么累，走了算了。我说你要真想走，你也可以考虑。人无论活到多久，总要走。你能够自己选择怎么走的时候，你可以选。他总是说，我不是舍不得走，我是舍不得你。我说你舍不得我懂，可是早晚咱们总得舍。人有生就有死，死跟生是连在一起的，不是分开的。他说你为什么这么潇洒？我说不是我潇洒，是我想得开。

我为什么想得开？任何人跟他在一起过日子，就会变得想得开。他跟我在一起，我像照镜子，我看到他的努力、他的不舍，我就觉得我不能跟他一样。我跟他一样的话，这日子不能过。我必须自己站起来，自己树立自己的性格，才可以跟他平衡。我如果是一个乖乖的女孩子，跟着他走的话，那我们现在不知道过的是什么日子。

中国平常的女孩子，大学毕业之前根本没机会长大，都被保护得好好的。你运气好，结婚的时候家庭不错，你就慢慢长大了；运气不好，结了婚就完蛋。我觉得很多事情你得自己有个看法，然后才能够支持他，我现在如果不是心理上强壮，如果是娇滴滴的，他肯定会担心他如果先走的话，我饿都饿死了。我现在就告诉他，剩你，剩我，都要活。

人家一看到我就说你要照顾这个人，你很累，每个人都知道我累。但其实别人一点看不出来我疲累的样子。也许别人心里很累，因为他们的婚姻可能有别的问题，并不比我轻松。很多教授什么都不会做，连电脑都不会自己打开，需要太太帮他打开。（许先生）他那么大年纪那么早打电脑，很多人羡慕死了，他同年龄的人很多都放弃了。有了电脑以后，他立刻就学，每天来一个小朋友教他，一个人教一点，慢慢他就会了。他的个性就是不放弃，他不能缩手，为什么年纪大就不能打电脑？他天生就是一个劳碌命，累心累力，可是你不让他累心累力，那就不是他。所以我认清这一点以后，我不改变他，我也不去阻挡他，我能帮我就帮。我不能帮，我告诉他这个我帮不了忙，你也不能做，那咱们不做这个。

许知远：我这次来匹兹堡，最重要的收获是婚恋观。

孙曼丽：如果你的伴侣不是你尊敬的，不是你关心的，不是你在乎的，你就不会有这个力量，所以一句话：要找对人。

（本文为孙曼丽接受许知远采访的记录）

32

为什么中国文化能维持到今天？

主席许嘉璐先生，岳麓书院主持大典的各位同人，各位来宾：

今天在此参加大典是我的荣幸，尤其因为大典的一个项目是岳麓书院委员会送我的一个荣衔，认可我的终身成就。成就不敢当，至少认可了我终生的努力。对于这个荣衔，我很高兴，也很惶恐。这种最高的荣衔，在任何人看来，不仅是荣誉而已，也是一个鞭策。

人到了这个地步，假如不能更进步，至少不能掉下来。我如今九十岁，维持身体的功能已经不容易了，能在学习上面保持不断进步，是非常难的事情。承蒙各位给我的认可，我惶恐之余，必须继续努力。这一点是对自己的承诺，也是对自己的鞭策。我现在希望在闭眼的时候，大家知道许倬云得到这么大的荣誉，他没有愧对大家的期望，他至少努力了。

中国文化是我们大家共同关心的事情，这个大会也是为了中国文化的继续，以及中国文化的继长增高，大家做过共同的努力。这是非常伟大的事业，也是不容易做到的。

中国文化从原始农业开始，经过近一万年的努力，起起伏伏，颠颠簸簸，也不是没有经过灾难，居然能够存留下来，而且还在继长增高。在世界文化圈里，中国文化还保持着人数最多、历史不间断时间最长的地位，而且内容不断增加、改变、丰富，这个纪录世界上不容易有。在我看来只有犹太文化堪比。

西洋的基督文化时间短得多，而且内容非常复杂，并不一致，还分了许多派别。犹太文化内容单纯，时间长久。两千年前亡国，各族分散的众人能够维持文化延绵不绝，而且到今天仍有活力，还能使犹太民族在各个族群中扮演重要角色。在我们看来，真正能够和中国文化价值相比的犹太文化是我们可以取经的对象。

犹太人在一切条件都不方便的时候，没有国家，没有地盘，而他们能够维持自己的文化，还能继续培养他们的人才。主要由于不论身居何处，犹太人都不断努力，共同思考，怎么在旧的基础上修正和改进。而我们有广土，有众民，我们的文化、文明能维持是很自然的事情。但是在近一两百年来，经过屡次的丧败，中国文化如何能够重新站起来，取得继续增长的活力，这是我们所有人最关心的事。

尤其在今天，为什么中国文化还能维持？

第一，中国文化的基底是广大的地盘，比世界任何一个文化地盘都大。

第二，人类存续的时间很长，从两河开始的源头，一直到中间不断吸收各种因素，如希腊、罗马等因素，到以西方基督文化为主流，再发展到以社会经济为主流，以科技为手段的近代文化。今天世界上主要的大国关系中，中国文化最重要的共同奋斗的伙伴和互相砥砺的对手，只有西方文化。中国面临丧败之余，能够站起来，重新整顿自己，居然能走到今天的地步，已经不容易。今后走向世界共同文化的途径上，我们面临的问题很多。

第一，我们怎么在强势的西方压力之下，继续维持活力，而不是被拉着走？

第二，在维持活力中，怎么才能够在未来世界文化中扮演一个重要的角色？

这个课题不但是我们今天要面临的重要挑战，往后几百年仍然要面临。

西方文明的强势地位是非常牢固的，尤其西方文化掌握了最重要的科学技术这部分。中华文明在这个方面起步比较晚，如何将这部分融入中国既有的人文社会文化中，使得我们更能够做世界文化中重要的成分，这个是我们今天要开始想，而且往后要继续想的问题。

今天的大会恰好在美国大选之后。这次大选是我在六十年来看到的大选中，牵扯最多，分裂最盛，现象最复杂的，也是参与人数对决最厉害的，几乎是一半站左边，一半站右边。在这种情况下，西方文化的龙头——美国可以说面临着内部严重分裂的危机。

守旧的势力、固执的势力、自我膨胀的庞大势力，如此强大。在这四年来，几乎要将现代文明的产品——美国拉回至少二百年，拉回到它的立国阶段。

第三，在世界文明当前阶段，美国如何担任领头羊？它会不会退缩下来，拿其他文明当作美国文明的附庸，不愿意与其他文明共同缔造世界文明？这个大的课题，在这次选举，也就是（2020年）11月6日的早上还没有得出最后的"成果"。

这个严峻的局面使得我们必须认真想想，我们进入这个竞争，不是为了让中国文明当世界的主导者，而是在世界文明之中，如何能够公平参与，与其他文明的成员共同努力，缔造一个真正属于人类的文明系统。我们是入局还是出局，要看这次大选。希望美国可以回归主流，希望邪恶的部分可以出局——它们的强大，出乎我的意料。

在如此严峻的局面下，我们中国人，不管身处海内外，不管政治理想、认同的对象，共同任务都是为了中国、为了世界、为了人类，我们中国必须保持文明的活力。

我们文明的活力能维持几千年的原因，是我们在乎自我修正，在乎采纳众流。选择好的加进来，比如南亚的印度文明，我们从中吸收不少。南亚抽象的宗教观念，以及数学、天文和医药，对我们的刺激和帮助是非常重要的。第二阶段是西方文明对我们的打击，让我们警觉，我们承受了它们的压力，也承受了它们给我们的因素，使我们变得更复杂、更完备，能够逐渐适应现代的世界。

将来我们以这个趋势一直走下去，以开放的胸襟和怀抱，使自己努力进步，使我们的文明更加周全，有更多增长的余地，内容更加丰富。在缔造全人类文明的过程中，中国人有资格说，我们出了一份力，我们努力了。这是我今天想为各位提出的请愿。

今天在座的各位，都是学术界的精英，这个任务必须全国学术界和文化界共同担起。学术界做研讨工作，文化界做推广工作，使这个文明系统永久常青，而且影响深远。这是我对各位的呼吁。我们的主席许先生，他研究的课题是语文，但他研究的时代跟我差不多，都是从古代开始，我对他的著作非常佩服。我相信，不仅是许先生，更是岳麓书院这个大的组织，将会把担任了一千多年的工作继续担任下去。希望许嘉璐先生能够在其他各个领域，帮我们赢得文化界、学术界的助力，把"中华文明参与世界"这个任务推广出去，使其成为全中国共同努力的方向。

这是我今天的报告。

我感谢各位，也感觉战战兢兢。我希望在余下的岁月里，我每天多学一点，即使慢了、少了，但我可以继续一步步来。到最后可以跟各位岳麓书院的同人讲：许倬云尽了力了，他放假了。

（本文为许倬云先生获第四届全球华人国学大典"终身成就奖"的致辞）

33

疫情之下的中美和世界

2020年是一个非常特别的年份，当然每个年份都有些事发生。今年的事特别多，我在美国感受特别深。

　　第一件事是疫情的发生。想想看，我们人类历史上出现过很多次疫情。汉朝历史上就暴发过大疫情，欧洲历史上也有过大疫情。汉朝的大疫情大概在两汉之间出现过一次，还有一次是暴发于东汉末年到三国时期。那些时候中国有五六千万人口，受到伤害的人口至少一千万，疫情波及的范围很广。今天这个世界有七十多亿人口，假如用同样的比例来算，那后果不堪设想。我盼望不会有那么坏的情形发生。

　　全球暴发的疫情，也给了我们一个警示：我们人类开拓自然，不断以人类近现代世界的技术、工具，侵入还没有开拓的自然世界。从时间上看，这两个世界距离太遥远，时间隔绝了两个不同的环境。于是，可能我们正在承受过度开发自然的后果——我们侵犯了另外一个不应该侵犯的世界，造成了今天的疫情。这次疫情还未结束，我们不知道会持续多久。面对这次疫情我们不能掉以轻心，说不定会衍生出我们意想不到的大灾害。

现在控制病毒的方式是注射疫苗，让人体自身产生出抗体。虽然这个药出来了，但有多大效果我们不知道。灾害之下的世界局面会不会变？病毒会不会产生突变？我们也不知道。

所以这次的疫情，绝对给我们一个警示。我们人类开发世界似乎永无止境，生怕自己力量不够强大。最后一片真正的大型原始森林在南美洲，这片热带雨林也在逐渐消失。对中国国内而言，像云贵地区一片片小型的原始森林，如果我们将其都开发的话，不知道会碰到什么灾害。所以，我们必须很警惕、很警醒，不要掉以轻心。

这次中国处理疫情的方式——封城，当时有人觉得过分，现在想想这个封城政策是对的。等于是火灾发生时候，限制它的波及范围。而美国的做法则完全不同，前总统特朗普对疫情不注意、不了解，口头上说要管，实际除了乱骂人之外，几乎什么都没做。美国耽误了三五个月的时间，到今天美国已经成为受疫情影响最大的国家。

拿中国处理疫情的经验和美国对比：中国是管理，美国是"政治化"。美国犯下了"把防控病毒当作政治口号"的极大错误。

身在美国，其实从四年前开始，特朗普的所作所为，一年比一年更加引起我们的担忧。他是一个哗众取宠的人，是脱口秀表演的名人，讲话不负责任，经常胡言乱语。总统胡言乱语、无所作为或者做错事，都会给国家造成极大危害。美国这个社会，自由是极自由。言论极度自由，但相对讲起来，哗众取宠的人在极度自由的环境之中无所不用其极。他们会利用这个环境谋私利，语不惊人死不休。这个问题我的理解是：自由言论和胡言乱语的放肆妄为，是两件事情。我们不能容许类似特朗普这样的事情继续发生。

　　特朗普不承认失败，更让我们吃惊的是，选举时还有七千多万票投了他。现在他已经失败了，那些投他票的人还继续拥护他。我们担心他所产生的后遗症，会继续下去。这个就叫人非常担心：一个全世界最大的民主政体，至今为止，虽然这个政体颠颠簸簸，曾经犯下许多错误，国家内部也曾经爆发内战和许多冲突，但现在这个民主政体本身面临的危机前所未有。因为一国总统居然借着自由的名义，对国家不负责任。这个政治体制虽然民主却没经过仔细思考，也没有很好的程序来复核。自由民主的环境，没有约束、没有纪律、没有反省、没有思考的话，灾害是很大的。

　　受到这次教训以后，我们要防止类似的情形再发生。特朗普现在做的事情，在古希腊思想家柏拉图当年讲的五种政治形态中，是最坏的一种，叫"autocracy"，等于独裁专制。他可以无所不用其极，为了保持拥有的这一切可以封杀舆论，限制行动，甚至抓人下牢。在一个号称"极度民主"的国家里居然出现独裁，使我们有个警惕，那就是，独裁专制可能出现在世界上任何地方。而且这种情况一旦走进去，拔出来要花很大力气。所以，特朗普时代的后遗症，将来是否出现？我们不知道，出现多少我们也不知道。支持特朗普的这些人，主要是劳工和低收入人群。工业生产高度科学化以后，这些当年靠劳力的工人已经没有用处了，靠手艺来控制工具的人也没有用武之地。这些人不仅没有机会上升，甚至连日子都过不下去了。这么一批对社会本来有用的人，虽然他们生活比较艰苦，待遇比较差，但当年他们是生产体里的一部分，也是有机的社会体里有用的一部分。将来工业生产进一步高度自动化之后，还有更多类似的人失业，被抛弃。将来怎么办？这也是个令人担忧的事情。

第二件事情是特朗普强调美国民族主义，强调美国要重新回到第一，回到霸主的位置。霸主是轮流做的，天下没有永远的霸主。罗马帝国一开始就实行霸权，到帝国晚期黎民群众分散，社会分裂，军人专政，军人将国家瓜分，进而纷纷独立。罗马帝国因挡不住蛮夷的入侵而覆亡，欧洲从此长期陷入混乱无序。教廷建立的秩序是宗教秩序，不是治理国家的政治秩序。从那时候开始到今天，民族群体构成的国家在欧洲纷纷出现，"民族国家"替代了"天下国家"理念。"天下国家"是大家可以在同一个政治制度之下生活，广土众民能够少些内在的冲突。可能外面依然会面临侵略，但是内在冲突可以减少很多。中国历代皇帝就用一套文官管理体系治理国家，可以做到广土众民，大家都有基本的小康生活。如果继续分裂为许多民族国家各自争斗的话，就回到欧洲的近古、中古时代。连年不断的战乱，连年不断的胜利者压覆失败者，这个也是人类自身造成的灾害，是一个很悲惨的局面。

想想看，如果今天自由民主国家回到民族国家互相冲突斗争的时候，怎么办？

在最近几年，尤其是去年和前年，美国开始拿已经成形、发展顺畅的世界市场开刀，全球市场化，互通有无、分工合作的格局被打乱。美国退出许多国际合作的组织，使大家无所适从。因为美元是世界货币，美国以为自己可以做庄家，庄家可以永远是赢家，这是不行的。只有在世界秩序下全球市场灵活运转，大家才能均沾其利、共存共荣。

所以这四年来，尤其最近两年来的美国，我们看见了两个越来越明显的现象：一个是特朗普政府趋向于专制，一个是日益高涨的民族主义。这两个现象可以转化为善，也可以发展为恶，发展为恶的可能性要大得多，这种情况我们非常担忧。

但我们想想，有什么让人兴奋的地方？美国的民主政治制度居然把特朗普拉下台了。在这时候，他的党羽都无法庇护他。他拼命纠集党羽抵抗这民主制度应有的秩序，终于还是不得不下台。他最后的结局，让我想到金庸小说《天龙八部》里的慕容复。慕容复为了当皇帝做了很多不好的事，到最后导致的是自身的疯狂。他自以为称王称帝，坐在野外的地上，给孩子一人一颗糖——你们向我叩拜，说"陛下万岁"。到这个局面，我们替他觉得可怜，但这种可怜不足惜。

当然，我们永远要以他的情形作为警戒。在任何制度之下，都不可以让特朗普这种做法发生。

从好的方面看，这一年量子力学的研究取得了一个成就，就是对量子宇宙的认识。当年相对论或牛顿力学框架下的宇宙，都是人类的假设。到现在我们只能以片段、很小一部分进行证实。现在看来，量子宇宙中的粒子，不是我们理想中的粒子。它是有向量、有维度的，也就是说这个粒子绝不是最小的单位，粒子里有太多太多分裂的细节。从此，我们对量子宇宙的理解更深一步，让我们更加瞠然无言。我们发现：宇宙被一重一重宇宙包裹。我们身处多大的宇宙中？我们所置身的世界，可能是极大无边宇宙的一个粒子里边的小东西。等于在茫茫的太平洋上，我们可能是身处于一粒沙子破开后的一个异常微小的东西里面。

这个可以使我们人类减轻一些牛顿力学发现后，产生的过于强大的自信心与骄傲。回到佛家对我们的启示，《华严经》里说：无穷的宇宙一层层堆叠，可能一粒沙里面一个世界，一个俄顷里面千年万年，一个俄顷就是万古。佛经里还说，喜马拉雅山附近的须弥山，可以藏在一个砂砾里。这可以帮我们慢慢延伸出一个谦卑和自我约束的形态。不要说我们是地球的主人，地球是非常小的星球，我们自己是非常渺小的个体。我们应心存谦卑，心存警惕。

最近中国发射出去的嫦娥五号探测器[1]，在月亮上挖了土，运回来了，并且还顺利降落在内蒙古的预定位置。这很好，这么精准的回收表示人类对太空探测技术的掌握到了相当高的地步。从一二十年前的"啪嗒"一下掉到海里，把它捞起来，到现在能够直接降落在陆地上的预定位置，这表明我们的技术越来越精准，进步越来越大。

但不要忘记，月球只是地球的一个卫星。地球到月球的距离其实非常短。在广大太空里，太阳系是星河里一个很小的部分。

1　长征五号遥五运载火箭搭载嫦娥五号探测器于2020年11月24日在中国文昌航天发射场发射升空，同年12月17日在内蒙古四子王旗预定区域安全着陆。

在众星密集的银河，太阳系只占很小一块。在太阳系里，地球只不过是一个小卫星，月球更只是地球的小卫星。用海洋来比喻我们的登月，等于一只小海虫，在沙滩边的浅湾里，在一块大石头和小石头间跳了一跳。我们一则可喜，同时也要警惕自己。我们有太大的宇宙、太久的过去、太长的未来，无论是时间上还是空间上，都不能说我们已经掌握了宇宙或我们自己。

尤其在近百年来，西方文明霸占了全世界。西方人尤其以信仰上帝为理由，认为上帝对他们有特别的恩宠。西方人不好直接说"上帝对白人有特别的恩宠"，所以说"上帝对人有特别的恩宠"。其实，上帝在哪里呢？人在哪里呢？地球上七十多亿人，其实也只是许许多多生物中的一种。人类从南方大猿演化到今天，也就经历了几十万年而已。我们在别处可能会找到无穷数的地球，无穷数的生物在演化。从南方大猿到今天，我们说我们是有智慧的"homo sapiens"（智人），猴子和我们差距很大。想想看，猴子从双手解放、两脚站直到脑子够用，也不过是几十万年前开始的。宇宙有多大？地球有多大？生物体系有多大？我们其实只走了太短的一段，我们不能骄傲，不能过度自信。

这就谈到宗教信仰，对任何宗教信仰都是好事情。但宗教信仰里有一个地方——"我是独特蒙恩的"这个信念——非常坏。为什么上帝对你"独特蒙恩"？没有这个道理。假如上帝是公平的，不但所有人应该"蒙恩"，所有生物都应该"蒙恩"。上帝若是公平的话，为什么创造人又创造灾害？创造生又创造死？宇宙之间是不是有主宰人类命运的意旨，我们真的不知道。但是我们可以心存谦虚，做好手边的事，不要追求太过分的工艺上的成就，自大自满，过度放纵。

这是我个人在新年的时候，向各位恭贺新年，希望明年更好。我也希望过去的灾害慢慢变成遥远的回忆，大家可以忘掉它。另外，让我们一起欢迎未来。我到今天已经活了九十岁，活得越老越是心惊胆战，看见人类犯下的错误如此多。宇宙有无穷的向度、无穷的维度。我们今天说四个向量，真正的宇宙不止四个维度，所以画维度的图要用拓扑学来画，不能用几何学来画。越活得老，越是感觉我们人类必须知道自己的限度，不要狂傲，不要过分自信。个人如此，国家如此，民族如此，文化体也是如此。

没有一个文化体是完美的，没有一个国家的治理方式是完全对的，没有一个民族的过去不是复杂的，没有纯种的民族。世界上最纯种的狗跟马都是需要人工安排交配，选定了若干基因，别的不要。纯种的狗跟马在某种情况下占优势，这个情况一丢开就没有优势了。赛马场上的马是纯种马，它的长处是短距离快速奔跑，但它抵抗疾病的能力差，长距离跑不动。这种马耐力不够，寿命也很短。

不要认为"民族"这两个字存在，就存有"民族优秀论"的观念。每个国家的传统都有其优秀的一面，当然每个国家的历史或长或短，也都有错误的时候，都有犯罪行的时候。不要自满，世界上的任何人都不能自满。特朗普给我们的教训，就是盲目自满，我们不能把这个例子忘掉。看见别人犯了错误，相当于拿个镜子看看自己，我们不要犯同样的错误。

九十岁的人，语重心长。明年我在不在这里，我不知道。所以，我把每次讲话都当作最后的谈话来处理，希望不要让大家觉得过分沉重。今天，我还是以一个心情平静的状态，欢迎新的年份到来。在新的一年里，盼望世界没有灾害，没有战争，没有疾病。盼望各位健康，事业顺畅，心情愉快。

大家的生活都比较安定，世界上不再有吃不饱饭的地方，不再有愚蠢的人，不再有无告的人。这就是我最大的愿望。

（本文为2021年元旦许倬云先生的新年致辞）

许倬云：越鸟栖南[1]

1　本文作者为李静，首发于2020年第28期（8月3日）、总第958期《中国新闻周刊》。

2008年，许先生于匹兹堡家中（许乐鹏摄）

二十多年前，由于年事渐高，行动不便，许倬云夫妇卖掉了带花园的独栋房子，搬到有物业管理的公寓居住。2015年，邻居家失火，殃及池鱼，连带整栋楼都需要整修。两位老人不得不搬到保险公司提供的临时中转公寓租住，直到2017年才搬回整修好的家。就是在这样的奔波客居中，许倬云完成了《许倬云说美国》的书稿。

1957年秋天，二十七岁的许倬云第一次踏上美国领土，到芝加哥大学深造，"盼望着理解这个人类第一次以崇高理想作为立国原则"的新大陆，能否落实人类的梦想。在超过一甲子的时间让他有机会近距离研读美国这本"大书"后，他却目击这个新的政体"病入膏肓"。许倬云不禁发问："何以境况如此日渐败坏？"

一生沉醉于考古、中国历史、中国文化……在年届九旬时著书剖析一个帝国的变迁，他心中惦念的，却仍是他一直依恋、在著作中不断追溯其历史荣光又对其近代命运悲戚莫名的故国。

许倬云期望着以美国的现象与中国的处境互相对比，由此警惕，避凶趋吉。他真正要问的，还是"中国向何处去"。

这些年，他一直在用不同角度和方式反复讲着他想说的话。"我们中国过去一直要赶英超美，但是西方现代文明到了第三期，已是穷途末路了。""一切都要重新构建。""中国应该最有资格做这样的构建工作，但我们的本钱以前用光了，必须用全世界的文化资源来构建。"

台湾"中央研究院"院士陈永发评价许倬云："他是极端爱中国的一个人。"十九岁起离开中国大陆，许倬云自认故国种种，他已没有发言的资格，只是塞马依风，越鸟栖南，总盼着"中国一天比一天更好"。

家国离乱

许倬云生于1930年，江苏无锡人，他和弟弟是双胞胎，也是家中最小的孩子。出生时他只有两斤七两重，因为肌肉发育不良，一直不能动，直到七岁才能坐在椅子上。八岁以前的记忆在许倬云心中已经模糊，1937年抗日战争全面爆发，跟随家人一路撤退逃难的颠沛流离，才是他真正有意识的心灵经验的开始。

许倬云的父亲许凤藻在海军任职，孙中山曾坐他指挥的军舰到上海勘察。湖北沙市[1]沦陷前，许凤藻在此任职，抗日战争时兼任货运稽查并负责筹办粮饷，上班时都背着枪支随时准备打仗。

许倬云记得，那时常有人到沙市投奔他们。有一回，一个姓廖的海军军官带着两个小兵在他家住了一周，天天给他讲故事。有天深夜，廖队长辞别，许凤藻身为将军却向廖队长行军礼。原来，当夜廖队长带着两个小兵乘小船，装了一船炸药划到日本军舰旁，进行自杀式袭击，连人带船一起炸掉了。

许先生的父亲许公凤藻及母亲章太夫人舜英

1936年，许倬云（后右二）在沙市海关监督公署前留影

---

1 今湖北省荆州市沙市区，后文同。

在逃难的路上，许倬云数次目睹轰炸后尸横遍野的"人间地狱"，上午还一起玩耍的小伙伴下午已变成一堆残骸，日本军机对着路上、船上的难民俯冲扫射。不良于行的许倬云只能由家人背着、挑夫挑着，辗转流徙。某个深夜，挑着许倬云的一个挑夫突然倒地而亡，前面的队伍已经走出很远，另一个挑夫忙跑去追。深山野岭，年幼的许倬云独自坐在翻倒的滑竿和死去的挑夫旁，过了许久，才看到家人来寻他的火光。

那时留下的悲伤和恐怖太过稠密，几十年后还不能散去。1957年到美国读书时，许倬云在睡梦中听到"呜呜"而过的警车还会惊坐而起，恍惚中以为是"鬼子"的飞机又来了。

南京大学社会学院社会学系讲师陆远在2004到2010年常伴于许倬云身边，许倬云曾对他讲起一段对自己童年影响极深的往事，那是他永远忘不了的一个清晨：只有八九岁的许倬云坐在门边的台阶上，一排排年轻的川军小兵从他面前经过，他们从沙市取道信阳，直奔台儿庄。母亲说："不知道这些人还有多少能回来。"很快，许倬云就知晓了什么叫轰炸与流亡。

成年后，他专门去翻看了那段历史，川军派出的一个师，从士兵到师长在台儿庄全体阵亡。多年后，他回想起那一幕仍忍不住眼含泪光，那个画面切开了他的童年，他的心境从那时起不再是无忧无虑了。

与同龄的著名历史学家余英时抗日战争期间在老家安徽潜山市闭门读书不同，年少的许倬云不得不直面那段家国离乱的岁月，饱受国难沧桑。也许与这段经历有关，许倬云与余英时等同时代学者相比，对中国传统文化更多是遥远的同情与依恋，而较少苛责和批判。他总是从中国文化过往的辉煌中寻找传承，希望以此为今天的中国思索出路。

在复旦大学文史研究院及历史系特聘资深教授、中国思想史学者葛兆光看来，那个家国有难的时代，是许倬云年轻时代的记忆，这种记忆会伴随一生，这是许倬云那一代人家国情怀的来源之一。

那段"不知道下一站是哪里，不知道下一步境况如何"的日子，让许倬云看见每个个体的苦难，也看见人与人之间的互相帮助。许倬云说，"看到人类的精神"。

在重庆吴家营的广场上，许倬云曾看到大批从战场上抬下来的伤兵，由于开刀没有麻药，大哭小叫。许倬云说："叫我怎么能不恨日本人？"但他在五十岁后，逐渐"把偏狭的国族观念放在一边"，尽管并不容易，也不舒服，"要常常跟自己在脑子里打架"。他看到，狭义的民族主义与国家主义这两个观念，在历史上都有可能是冲突的祸源。

现在，他只把人类和个人看作两个实在的东西，姓氏也罢，族群也罢，国家也罢，都变动不居。许倬云曾举例说，读古代史时看到荆轲、田横都壮烈无比，"今天看起来不是开玩笑吗"？吴王和越王打得昏天黑地，也是为了国族，"但是今天江苏跟浙江分得开吗"？

现在的他，珍惜每一个人的价值。

整个的突破

许倬云直到十六岁抗日战争胜利后，才正式进学校接受教育。在此之前，他没办法走崎岖的山路去上学，只能在父亲的书房里看书。许倬云说，那时的阅读"大半是自己瞎摸而来"。不过一到周末，父亲就会给他讲数学、讲历史。父亲许凤藻喜欢阅读《宋名臣奏议》，常常自己读着读着，就跟许倬云说："这一段好，你听听……"许倬云得益于父亲这套英国式的全科教育，学得很杂，也使他发现自己对史地特别有兴趣。

1946年年初，许倬云进入无锡辅仁中学，考进去时，国文、史地、英文分数非常高。学校隔壁就是东林书院，只用一排矮松树隔开。许倬云记得，每当有学生不听话、不用功，老师就会把他拉到松树林边罚站，对着里面的东林祠堂说："你对不对得起你祖宗？"

四十年后，他的学生葛岩在匹兹堡大学兼职教学助理，遇到美国学生问"你们中国人没有上帝，你们怎么忏悔？"的问题。许倬云笑着对他说："你去告诉他们，我们中国人谁犯了错，他的爸爸就会揪着他的耳朵把他丢到祖宗牌位面前，大喝一声，'你对得起列祖列宗吗？'"

许倬云家中就一直保留着一卷"祖宗轴子"，上面写了历代祖宗世系表，是当年赴美时哥哥抄给他的。每到春节，他一定把轴子供起来祭祖，他自小在美国长大的独子也会在"祖宗轴子"前三鞠躬。

许先生在台湾服父丧期间留影

1949年春天，许倬云跟随家人赴台，考取台湾大学。考试时，他的历史和中文考卷被阅卷教员推荐给校长傅斯年，在傅斯年的建议下，原本报考外文系的许倬云在念了一学期后转入历史系。当时的台大历史系，汇聚了李济、沈刚伯、严耕望等一批从大陆过去的名家。在名师指导下读完本科、硕士，又在台湾"中央研究院"历史语言研究所工作一年后，1957年，许倬云得益于胡适的帮助，到芝加哥大学攻读博士学位。

留学美国被他视为人生转折，是"整个的突破"。在芝大，他师从写出《中国的诞生》的美国第一代汉学家顾立雅（Herrlee G. Creel，1905—1994）。顾立雅给许倬云很大的自由，由着他"乱七八糟地选课"。20世纪中叶，正赶上美国汉学研究划时代地转向，汉学从传统东方学分支的地位中独立了出来，关注点从古代中国转向现代中国，研究方法也开始引入社会学、统计学等其他学科的方法理论。

许倬云那时住在神学院宿舍里，舍友有犹太教教士、天主教神父、不同宗派的牧师，甚至还有一两位和尚，他们晚上常在大洗澡间边淋浴边讨论各种问题，"一抬杠就没完没了"。因此，许倬云对宗教理论特别有兴趣，选修了著名宗教史家米尔恰·伊利亚德（Mircea Eliade）的宗教课程，又选了和宗教学密切相关的社会学课程，还开始关注城市经济学。

在这个过程中，许倬云发现一些观念深藏在每一个民族、每一种文明的潜意识里，这促使他开始以更宽远的尺度衡量文明的发展，逐渐脱离以中国为中心的世界观。

那些看似"杂乱"的选课给许倬云的博士学位论文（后出版为《中国古代社会史论：春秋战国时期的社会流动》）提供了很大的帮助，譬如他发现中古欧洲城市的出现与春秋晚期的城市出现完全合拍。在论文中，他将《左传》中的两千多个人物排出一百多个家族谱系，根据这些人物的家世与社会背景，测量各时代社会变动的方向与幅度，做了一项系统性的分析。

20世纪60年代，许先生在芝加哥大学留影

许倬云将自己的学术思考形容为四面四角立体型，即文化系统、经济系统、社会系统、政治系统，每个系统本身又可分为几个层次，且都是动态的。在这种立体治学体系中，文化是有生命的生物体。在当年，学术界还没有明确的系统论。

1965年，斯坦福大学出版社以"*Ancient China in Transition*"为名出版了许倬云的论文，并拿这本书当作亚洲研究丛书的第一本。这使许倬云很快在国际学界获得了一定发言权。费正清1967年写给当时的"中央研究院"历史语言研究所所长李济的一封信中说："顾立雅手上有个学生，是你们史语所来的人。""他写的这本书已经是小经典了。"

2006年，大陆出版了许倬云论文中译版《中国古代社会史论》。葛兆光回忆，20世纪80年代中期他就已经听说过这本书，《中国古代社会史论》和晚一些出版的《西周史》，"在我们这一代学者中很有影响"。

不只学问长进，许倬云还在留学期间参加了当时波及全美的黑人民权运动，目睹了芝加哥选举的舞弊，得以深入观察美国。

"我本以为美国民主制度下是一个公平、公正的社会，却在民主自由的背后看到那么多的丑陋东西。"许倬云说，"那五年我从青年人一步跨到成年人。"

带来新观念的老师

1962年，许倬云三十二岁，博士毕业。他对"三十而立"有自己的理解，"立"不是建功立业，而是"自立，不跟着人走"。他要在"读书以外，做人，处事，关心社会，关心世界，找自己的路"。尽管美国有五份工作找他，他还是回到我国台湾，接受"中央研究院"历史语言研究所和台湾大学的合聘。

1964年，台大历史系二年级学生陈永发被上古史课吸引，因为授课老师许倬云的课堂让人"耳目一新"。他不但中外古今涉猎极广博，常从社会学、政治学等不同角度讲课，而且课堂非常开放，指引学生去看大量资料，喜欢有人提出不同观点，甚至从校外找不同的学者来给学生讲述当前最新的研究成果和心得。

如今，已经成为"中研院"院士的陈永发回忆起五十多年前的那段记忆还非常感慨。"那个时代的老师视野普遍都很窄，上课讲一讲，听完了就考试。"很多历史系学生都很迷茫，不知道历史学用来干什么，许倬云对本科生都会花力气指导，不是简单地传授知识，而是"给学生启发性，给我们开眼界，让我们对历史有不同的理解，告诉我们做学问的途径"。

1964年，才担任副教授两年的许倬云就升为教授，并很快接任台大历史系主任。同年，他还当选"十大杰出青年"。

许倬云出任系主任后的第一桩事，就是把当时由于政治原因被"教育部"派到台大历史系的"立法委员"等人的兼课取消，一年后干脆对这些人停聘。这在当时是没人敢碰的"马蜂窝"，但许倬云非常反感当时国民党对中国近代史的"粗糙"解释，坚持学术上的自由，拒绝政治干预。

对那些主张自由主义又有骨气的学者，许倬云内心都很敬重。当年台大自由主义代表人物殷海光家门口有个馄饨摊子，是为了暗中监视他的掩护，别人都不敢上门，许倬云照样登门拜访。殷海光在台大申请演讲总不被批准，有一次许倬云就去申请，演讲时他和殷海光一起上台，说："今天我不想讲了，请殷先生代讲。"

"中研院"院长王世杰也是块硬骨头，按当年的体制，"中研院"直属于台湾当局领导人办公室，有许多公务要向上汇报。蒋介石有时候批个东西，王世杰不能接受，退回给蒋介石，蒋介石气得撕掉，他就捡起来，贴好了再送回去。"蒋介石受不了他这一点。"许倬云回忆。后来，遇到公务上的事，王世杰就派许倬云去，借此机缘，许倬云得以颇早就与蒋经国等政坛高层有了往来。

许倬云和蒋经国熟悉之后，两人的谈话常不限于公事，美国社会、工会力量、民主制度、自由的意义，都是他们谈论的话题。

在台湾大学历史系任系主任时的许先生

许倬云一直记得蒋经国谈话时，"两眼直盯住你看"，不插嘴，问："然后呢？""还有呢？"一层层追问下去。许倬云常常对他说，思想管制不得，永远管制不得，就是秦始皇想管思想也失败。

支持自由主义又大力改革台大历史系系务，许倬云得罪了不少人。回台之初，他还和老友胡佛等人创办了独立经营的刊物《思与言》，介绍新知，希望通过学术讨论，理性地为台湾找到出路，这更成了他的罪状，使他越来越多地受到打压。

多年后回想起来，许倬云坦言，20世纪60年代台湾的气氛令人窒息，三十二岁到四十岁生活在台湾，日子外面风光，其实并不好过。他的母亲常常不放心，觉得他在外面会不会一下子失踪。1969年，许倬云收到匹兹堡大学的邀请，决心再次赴美。

人虽然去了美国，但随着蒋经国时代的到来，许倬云仍然在参与整个台湾的民主化进程。1972年蒋经国就任"行政院长"后，每年夏天召开"台湾建设会议"都会邀请许倬云参加，他们也有过多次单独的深谈。

20世纪70年代，陈永发正在美国斯坦福大学深造，他几次拜访许倬云都感到其对当时台湾政治走向的关心。"他很反对国民党当时的威权政治，他透过他能接触到的高层管道，谏言了很多。"陈永发说，"不过，他晚年看到台湾的现状也是很失望的，因为很多东西跟他设想的并不一样。"

在2013年出版的《许倬云说历史：台湾四百年》中，许倬云"恨铁不成钢"地批评了台湾发展过程中的缺陷，并将这些缺陷陈述出来，"提供给大陆作为发展的参考"。他对大陆读者说，希望"能够以同情之心、以彼此谅解之心来理解台湾"。

精神的健美

尽管在台湾的几年气氛比较压抑，但许倬云在这期间有了意外收获。1970年，再次来到美国匹兹堡大学任访问教授（1972年转为长聘教授）时，他不再是孤身一人，而是带着结婚一年的妻子孙曼丽和八个月大的孩子。

许先生夫妇与母亲及幼子许乐鹏留影，摄于20世纪70年代初

刚结束博士学业回台湾时，嫂嫂们担心他的残疾，曾劝他："老七（许倬云排行第七），去乡下随便找一个女人回来，可以生孩子、管家就行。"许倬云不肯，"为什么？我为什么要那样就行了？"许倬云心中一直存着一道界限，要找到那个能识人于牝牡骊黄之外的女孩子，"能看得见另一边的我，不是外面的

我", 不是这样的人跨不过他心中的界限。

孙曼丽是陈永发的大学同班同学, 也曾是许倬云的学生。不过在学校时他们并无过多交往, 直到孙曼丽毕业两年后, 因为工作的事情两人有些书信往来, 才发现"凡事都谈得拢"。

与许倬云夫妇熟识的南京大学人文社会科学高级研究院行政人员马敬说, 他们夫妇一直相濡以沫。认识他们十几年, 从未见他们有过争执——"每次许先生外出, 师母都送到门口, 还要亲昵地摸摸他的头。"

许倬云先生全家福

对残疾，许倬云的态度一直坦然，并不因此自卑自弃或是有所忌讳，有时还会自嘲。他在芝大读书时，要上米尔恰·伊利亚德的课得去三楼，他在书中提到这段往事："爬上去很辛苦，得用屁股坐在楼梯上，一阶一阶往上爬，到了三楼，楼梯都让我擦得干干净净了！"

在匹兹堡大学留下任教后，和自己当年的导师一样，他也给了学生很大的自由度。"从精神上来看他是非常完美的一个人，学问好，文笔好，对人还非常诚恳，没有任何偏见，哪怕你是一个不起眼的学生，他也能和你很平等地交谈。"著名社会学家李银河这样评价自己的导师。1982年，她和王小波赴美攻读硕、博学位，他们都是许倬云的学生。

有一段时间，王小波上许倬云一对一的"个别指导学习"课程。由于心脏不好，王小波"坐没坐相，站没站相"，许倬云身体残疾也坐不直。师生二人"东倒西歪"，倒也自由自在。许倬云对王小波无所设限，允许他不受专业课题的拘束，东提一问，西提一问。

1987年，葛岩也成为许倬云的学生，下课后还常去许倬云家里做客。每年春节，他都和几个中国同学聚到许倬云家里包饺子。遇到中国学者访美与许倬云一起吃饭，许倬云总要找葛岩相陪。有一次，葛岩到了餐厅门口才知道要求正装，但那时候他刚到美国不久，既没有车也没有西服。许倬云让孙曼丽赶紧开车带葛岩去找人借衣服，在楼下等他换好了正装，又开车把他带回餐厅。

"那个时候懵懵懂懂，现在自己也带学生，才体会到老师的用心，为我了解前辈学者、开阔眼界创造机会。"如今已是上海交通大学人文艺术研究院特聘教授的葛岩感慨道。

葛岩记忆中，导师有很多令他感怀的大小事。小到为在南京萍水相逢的一个裁缝专门从美国带去拆线器；大到将岗位让给暂时无法回国的大陆访美学者，为解决别人的困境自己做出牺牲。许倬云也从不支使学生，哪怕是查阅资料这种小事，都不会请学生代劳。

1992年，许倬云拿给葛岩一本书，是王小波寄来的成名作《黄金时代》。这本获得第十三届《联合报》文学奖中篇小说大奖的书，便是由许倬云推荐给《联合报》的。正是因为这次获奖，王小波才真正下决心辞职做全职作家。后来，王小波对刘心武说，尽管导师身有残疾，但导师精神上的健美给予了他宝贵的滋养。

一直被许倬云视为"守护神"的孙曼丽在一次闲谈中也对马敬说过："外人以为你们许老师什么事都要依靠我，他们不知道，我要是没了他才真是手足无措，不知道该怎么办，他是我精神上的力量。"

重庆南山一盏油灯旁,许凤藻常常给无法进学堂的幼子读欧阳修的《泷冈阡表》,"求其生而不得,则死者与我皆无恨也",也总讲"苟得其情,则哀矜而勿喜"。许倬云明白,这是父亲让他了解何为仁者的用心,他用一生去践行、追寻着父亲教他的这个"仁"字,期望有一日"唯其义尽,所以仁至"。

跨学科研究

20世纪90年代末,许倬云从匹兹堡大学荣休,当时正赶上与许倬云私交甚笃的台湾新闻界泰斗、《中国时报》创办人余纪忠捐资成立"华英文化教育基金会",奖助母校东南大学、南京大学学子。余纪忠盛邀许倬云担任董事,借此,许倬云得以与大陆高校有了较多来往。

在一直未被系科僵硬界限框住的许倬云眼中,当时大陆的学科间隔之严格以及师徒一对一相承的传统,使得学科很难有进展。科技还好,人文社会科学只能闭门造车。

许倬云与费孝通（左）、金耀基（右）于香港合影

1992—1998年，许倬云曾在香港中文大学开设通识跨学科课程，名称叫作"宇宙与人生"，动员了许多人和他一起讲，连人文科学与自然科学之间的鸿沟都跨过去了。

许倬云着急现在的教育把很多年轻人圈在一个学科当中，没有机缘打破，陷入重围。"求知的经验，其实可以比求得的知识更有意义。"许倬云说。

2002年余纪忠去世前，专门委托许倬云："南大是我的母校，如果他们有什么事，希望你帮一帮他们。"许倬云一直未敢忘记老友嘱托。2005年，许倬云在南京大学筹划创建了中国高校

1993年，许先生于罗马博物馆留影

1993年，许先生于西安博物院留影

首家"人文社会科学高级研究院"(简称"高研院"),推动中国高校开展跨学科研究。彼时,欧美国家在此领域已经先行了很多年,斯坦福大学1980年就成立了多学科人文中心,普林斯顿大学社会科学院高级研究所成立于1973年。

南大创办了"高研院"之后,华东师范大学、复旦大学、北京大学……中国有足够资源的高校纷纷开始跟进,"高研院"逐渐成为中国人文社科高等教育制度里的一环。

从那时起,许倬云每年都有几个月在南京忙碌,除了参加会议、做学术讲演,还有一个重要的工作是与每个院系在"高研院"的驻院学者长谈,为他们的研究做指导,帮助他们按课题整合成不同队伍。原本南京大学要聘许倬云做院长,许倬云说:"我不做你们的官,只尽心意,也不拿任何报酬。"仅要求南大提供住宿和每天接送的车辆。

除了几位驻院的学者,众多南大各系科的教师也慕名而来,希望和许倬云探讨问题,只要时间能排开,他统统都接待,有时和一个人谈,有时和五个、八个、十来个人一起谈。

许倬云在南大的那几年,陆远一直陪在他身旁。陆远说:"大家对他的学术根基之深广都非常敬佩,无论哪个院系哪个专业的学者,他都能谈。"

常在南京的那段时间,许倬云又寻回了儿时记忆中的生活,听昆曲，吃小笼包，和许氏宗亲及辅仁中学故友相聚。他回到阔别半个多世纪的故乡，尽管他还能说一口标准的无锡话，小时候居住过的那个承载上百口人的大宅"既翁堂"和门前的弄堂却已消失，如今已是无锡市检察院的大楼。仅在东林书院，他又见到了自明朝起就立在家门口的"抱鼓石"。"明日隔山岳，世事两茫茫"，许倬云感慨："先人遗宅，从此只能在记忆之中而已。"

2013年，许倬云动了脊柱手术，身体状况使他不能再长途跋涉回国。在他手术后不久，南大几位学者赴美交流访问时专程去看望他。他含泪哽咽着说："我今年八十三岁了，余用很少，不能再飞行了，不能回去与大家共事了。"但如果"派人过来或送年轻人来，我拼着老命教他"。

为常民写作

许倬云一生都在思考，少时无法像别人一样去外面玩耍，他只能在室内看书思考。青年时在美国动五次足部矫正手术，手术后不能去上课，就在病床上思考。他认为经历这些痛苦值得，不仅磨炼他的性情，也逼着他去想大问题。

荣休后，许倬云终于有时间把他一直思考的大问题形诸文字。海外生活多年，许倬云总听到有人说："我们中国人就是优秀，你看学校里成绩最好的都是中国人。""一些思想史好是好，但论的都是天大地大的问题，老百姓看不懂。"有一次他去餐馆吃饭，老板问他，中国菜这样那样的烹饪方法，是从哪里开始的？许倬云一想："哎，中国通史上还真没交代。"

就这么琢磨着，许倬云决定为常民写作。写老百姓读得懂的书，写日常生活的"零零碎碎"，写中国并不是自古以来就这么大，而是在历史上不吝啬"给出去"，也不惭愧"拿进来"的大大方方、磊磊落落的状态中，慢慢长大的。

2006年，《万古江河》出版，与他之前出版的《中国古代社会史论》《汉代农业》《西周史》等上古史研究专著不同，许倬云第一次下笔撰写大历史。尽管展现的是大历史，但书中没有武力，不讲开疆辟土，只讲文化圈的扩大，讲国家下面的广土众民，关注老百姓的衣食住行、思想信仰，而不像传统史书将更多笔墨放在帝王将相身上。他努力将中国历史和文化这样的大问题，讲得通俗易懂。

许倬云说："为生民立命，就是为世界帮忙，这是儒家的本分。我将《万古江河》写得很浅，就是为了这目标。"

《万古江河》出版当年就卖出了二十万册，次年获得第三届"国家图书馆文津图书奖"。2019年，《万古江河》随录取通知书一起，被清华大学校长寄给了每一个考取清华大学的新生。

2010年和2015年，许倬云又出版了《我者与他者》和《说中国》，同样是大历史著作，前者讨论历史与文化中的对外关系，后者论及历史与文化中"中国"的变动。

学者葛兆光最喜爱这三本书。他认为这才是大学者放下身段，为一般读者写的历史书。"大历史要有大判断，非博览硕学之士，不能下大断语。在许先生这种大历史著作中感受最深的，就是那种'截断众流'的大判断。如今，历史知识被各种各样的原因歪曲、遮蔽和改写，特别需要真正专业的学者，用不是'戏说'或'歪批'的方法，来给大众普及和清理。"葛兆光说。

研究和思考，对于许倬云已经成为习惯。2013年动大手术的前一夜，他还在思考如何合并儒家的董仲舒与《西铭》、佛家华严宗的圆融观照与新教、丹麦宗教心理学家克尔凯郭尔，以及法国哲学家德日进与英国哲学家怀特海的思想，合并众家，找出原点。他认为这个原点是宇宙的原点，这里有存在（being），没有神。无法动笔记录，他就用小录音机录音。

陆远对一个场景印象深刻。和许多名人一样，许倬云也有不少"不得不去"的饭局、会议、应酬。这种场合，他常常会用一只手搭在拐杖上，下巴往手上一靠，闭上双眼做打盹儿状。进入晚年后，许倬云的两道眉毛越长越长，向下耷拉，每次靠在拐杖上假寐，用陆远的话说，"那样子好像一尊佛一样，宝相庄严"。其实他并没有真的打盹儿，只是进入了自己的精神世界，去思考萦绕在内心的问题。这时要是谁提起他感兴趣的话题，他马上就可以睁开眼，接着话茬儿聊下去。

也许是时刻都保有思考习惯的原因，许倬云几乎是最高产的历史学家。在两岸出版的专著超过四十本，合著超过二十本，最近十年在他八十岁后出版的新作高达八本。

曾有人问许倬云："著书立说的乐趣何在？"许倬云回答："在它的过程。有些人喜欢下棋，有些人喜欢打麻将，都是过程。我喜欢研究工作的过程。"

既然是过程，就只是到现在为止暂时得来的结论，这个结论还可以往前推，还可以改变，还可以修正。他在年近六十时曾说，尽管年龄在中国旧日观念里可以算老头子了，但并不认为自己的性格和思想已经定型，还继续有成长的机会和需要。

今年，他已九十岁，认为自己还是没有定型，随时准备有新问题来的时候用新的思考方式去处理，也不会只用同一种思考方式去处理过去一直面临的问题，而是尝试新角度，每天学习新东西，每天对过去的思考方式有质疑之处。许倬云说："这已养成习惯，我们做学术研究的人，永远不会认为自己到了终点站，前面永远有更长的路、更远的空间、更复杂的问题等着让我去处理。"

2021年，许先生在匹兹堡家中（陈荣辉摄）

后记：听着江声，你一寸寸老去

近三年来，我们的生活及赖以安顿的世界，都发生了巨大的变化：瘟疫、战争、封闭、隔离……"昨日的世界"已成过去，人类社会似乎又走到了新一轮变化的关口，不知前方会面临何等局面。

幸好，还有许倬云先生这样的长者，不断给予我们指引和安慰。在接受许知远的采访时，他说："往里走，安顿自己。"他以一生的行动，向我们示范了一个人如何在艰难困苦中自处，如何与命定的种种不幸抗争或相融，修己以安人。

从七岁开始，他随时任抗日战争第五战区荆沙关监督的父亲，辗转于湖北、河南、四川各地的乡野山间。先天不良于行的他坐在磨盘上观察农民如何耕作，铁匠怎样打铁，远山的雾霭起起落落。出川的年轻人奔赴战场永不再回来，稚嫩的面庞七十年后犹在他的梦中浮现。他也随父亲读《大公报》上张季鸾的评论，《观察》里费孝通的文章，还有《宋名臣奏议》和《日知录》，听父亲分析太平洋战场的战况、战报，长江及其支流的航道、水文。1953年，父亲去世前叮嘱道："你们要努力，为未来的中国留下种子。"

所以，许先生从来都不是书斋里的学者。在芝加哥大学攻读博士期间，他走上街头参与民权运动；1962年，他放弃了美国的五份教职，回到台湾大学和"中央研究院"工作，1970年到匹兹堡大学工作直至退休。在此期间，他还为《中国时报》和《联合报》写了四十年的评论文章，与蒋经国、严家淦等国民党高层多有交往，致力于推动台湾社会开放，被媒体誉为"台湾改革开放的幕后推手"。《西周史》本来是他献给傅斯年先生的一本学术专著，在1993年"三联版"的序言中，他说："我对伟大的人物已不再有敬意与幻想。"此后近三十年间，他开始践行"为常民写作"的夙愿，《万古江河》《说中国》《中国文化的精神》等大众史学著作风行海内外。他给大学生演讲，给企业家演讲，为两岸三地的青年交流筹办"浩然营"，为南京大学筹建"高研院"……近年来，更是借助互联网平台链接到无穷远方的更多读者。

最令我感动的，是日前他讲述严家淦当年和他的一番谈话："不要求事功，不要求成就——只有求心之所安。事功靠不住的，及身而止。我们只能说那时候尽力让老百姓过上好日子，我们做到了。"

这本《往里走，安顿自己》，将近两年来许先生针对新冠肺炎疫情、人生、世界的变化以及如何安顿身心等问题所给出的回答进行了分类和归纳。第五章和特别收录的文章《许倬云：越鸟栖南》，侧重于许先生的人生，我们也选取了一些照片作为"见证"。赵向前老师的画作和杨宏伟教授创作的同名版画作品为本书增色不少，谨此致谢。助理张希琳、赵欣和黄雨晴对文稿整理工作亦有贡献。当然，若有任何疏漏之处，文责在我。

近几个月，许先生时常担心来不及写完正在进行的书稿，这是《万古江河》之后他晚年最为重要的作品。前天，我们终于完成这一工作，而先生依然精神健旺。在喜悦而放松的情绪之中，我写下这首《江声》，既是对这一刻的纪念，也借此机会表达多年来我的感激和感怀：

江　声

——致许倬云先生

江声浩荡

自神女峰翻涌奔逝

万古心事卷起千堆残雪

伟大的人死于伟大

幸存者在旧梦中挣扎

命运如轮转动西风

故国余音彻夜回响

此岸之水愈深

彼岸身影愈发清朗

饕餮吞噬青铜

寒鸦唤起孤村

听着江声，你一寸寸老去

江河入海，望月于朗夜生起

冯俊文于匹兹堡

2022年3月10日大雪之夜

218